花开雪峰路

张琳琳 著

上海文艺出版社
Shanghai Literature & Art Publishing House

图书在版编目（CIP）数据

花开雪峰路 / 张琳琳著 . -- 上海：上海文艺出版
社 , 2024
（黄河文丛 / 孙茂同，赵方新主编）
ISBN 978-7-5321-8947-2

Ⅰ . ①花… Ⅱ . ①张… Ⅲ . ①散文集 － 中国 － 当代
Ⅳ . ①I267

中国国家版本馆 CIP 数据核字 (2024) 第 009669 号

发 行 人：毕　胜
策 划 人：杨　婷
责任编辑：李　平　程方洁　汤思怡　韩静雯
封面设计：悟阅文化
图文制作：悟阅文化

书　　　名：花开雪峰路
作　　　者：张琳琳
出　　　版：上海世纪出版集团　上海文艺出版社
地　　　址：上海市闵行区号景路 159 弄 A 座 2 楼
发　　　行：上海文艺出版社发行中心发行
　　　　　　上海市闵行区号景路 159 弄 A 座 2 楼 206 室　201101　www.ewen.co
印　　　刷：成都市兴雅致印务有限责任公司
开　　　本：880 × 1230　1/32
印　　　张：84
字　　　数：2079 千
印　　　次：2024 年 1 月第 1 版　2024 年 1 月第 1 次印刷
I S B N：978-7-5321-8947-2
定　　　价：398.00 元（全 10 册）
告读者：如发现本书有质量问题请与印刷厂质量科联系　T：028-83181689

寻常的生活，不一样的文学书写

——张琳琳散文析读

◎ 徐　敢

近读张琳琳的近百篇散文，宛若在和一个已不年轻但依然天真，依然激情的大女孩聊天，且毫无隔阂、毫无顾忌。尽管窗外车马奔腾、挖机喧嚣，视野里依然是"窗外那枝绿柳"，让人忘却生活中的烦恼与焦虑，能轻松地透过她的叙述，窥见她的家庭、亲友，她的童年和暖心的过往：因乏钱舍不得买一根冰棍却许下心愿日后给她买十根的母亲；在"母亲每天一大早就开始做喜被，用缝纫机踩常常做到深夜，一天大概赚 30 元钱"的年头，在步行上学得来回走 20 里路的窘困日子里，母亲却设法给她从表舅家借了一辆自行车。那是一辆怎样的自行车啊，但她的父亲却对修车师傅的手艺深信不疑，相信他能让它起死回生，让她骑着上学。后来，姐姐还给她买了一辆新车，给她刻骨铭心的记忆又重重添加了一份惊喜。

母爱、父爱似乎是张琳琳散文创作中取之不尽、用之不竭的文学富矿，在《远去的春夏秋冬》《好一段甜蜜时光》《一碗入心》等诸多篇什里表现得更为抢眼。足见在未来散文家张琳琳的精神谱系里，物质上无论贫穷还是富有，生活都是可供她姿意选择的写作素材。她对现实生活深怀感激，从未放弃对美好生活的向往和讴歌。当这一切，母爱、父爱、师长文友之爱等孕育而成的健全的人格、健康的心理、美好的期许和向上的雄心全化为她行云流水般阳光般的文字时，自然消解了物化社会予人的困惑和迷茫，以及快餐文化的诱惑，让捡起文本的读者从容面对读图时代，从中赢得能量、哲思、快感和激情。

地处义乌市城西街道的夏演小学是她待了十年的地方，按她的说法是"一个就像我的家一样的地方"。十年前，她是奔着诗和远方来到夏演小学的，2021年即要调离了，不是调至条件优渥的城区小学，而是调到离家更远足有30多里的廿三里第二小学，她是多么不舍啊！工作单位变了，熟悉的生活、工作环境变了，"唯一不变的是我对夏演的感情，陌生的时候喜欢她、欣赏她；熟悉的时候依旧喜欢她、欣赏她，甚至已深深地爱上她"。她敞开心扉，欢愉地写道："我就要离开夏演，现在最想做的是，哪天起个早，再听听这里的鸟鸣声，哦，不是鸟鸣，是一支欢快的交响曲。最想带走的是脑海里蔷薇与香樟树的记忆……"因忙于编务和组织文学活动，我已好久没去廿三里街道了，难以得知她是否适应新的环境并有机融入廿三里街道的教坛，好在最近从"金华教育"平台得知，她已入列2022金华大市优秀班主任方阵，显然已拥有了另一个"梦之地"。这梦，是教育梦、文学梦，当然也是中国梦。

在寻常生活中，张琳琳就是这么一个爱梦想的达观女性。当风雨袭来，反而更凸显她胜不骄败不馁的韧性，因此有必要向喜欢她的读者推介其散文《窗外那枝绿柳》。这是一篇读了滕肖澜的《星空下跳舞的女人》后写的读后感。出现在该篇散文里的有两个意象，一是年轻时失去儿子、中年时又失去丈夫的诸葛老太，一是在风中时卷时舒的柳条。前者并没有被不幸的命运击倒，而是压下哀痛笑着在夕阳里星空下翩翩起舞，更坚强地追求幸福生活，像年轻人一样坐在85度C的窗边，一边喝牛奶，一边看报纸；在空荡荡的家中，一边品红酒，一边吃牛排，自己排遣孤独和寂寞，认为对失去亲人的爱，就是让自己快乐（这是一个多么睿智又热爱生命和生活的女人，她将所有轻生者和颓废者都比下去了）；后者"论肢体的强度，柳不如人；论生命的韧度，恐怕很多人并不如柳啊！"。相较于稍不如意就怨天尤人，乃至悲观失望的一些人，能屈能伸的柳也就有了指标性的思想意义。

即便书写游记类散文，张琳琳也不忘从人闻所未闻、见所未见的事物中去开掘当代文学存在的意义——"坚持以人民为中心的创作导向"，贴近人民，贴近生活，让人民大众透过文本吮吸人类最本真的"以文载道"的琼浆玉液。《花开雪峰路》《难忘的瑶琳仙境之旅》等都无愧这样的篇什。光这条坐落在义乌市江东街道青岩傅村上方的八岭古道，张琳琳就写了两篇，一篇是《金黄的八岭古道》，另一篇是《八岭古道的春天》。不同于一些类似于景点说明书之类的书写，张琳琳重在内心的感受及由此及彼的想象："我的思绪突然飘到去年秋天我第一次游赏八岭古道的情景，秋天的古道是金黄色的，像一幅五彩的画，又像是一件五彩的衣，颜色应有尽有。黄有许多种黄，嫩黄、鹅黄、土黄、金黄……红也有许多种红，淡红、大红、深红……"在对春秋两季做了一番比对后写道："眼下的八岭古道是整个的绿，似绿色的海洋，望不到边，十分养眼，令人一见倾心。"然后由衷地发出一声感叹："八岭古道的春天也是我的春天。"啊！原来先前的书写只是铺垫，最后句才是点睛之笔。

总之，情不知所，一往而深，在生活积累和升华的表述中探寻人类精神与情感世界的真相，是张琳琳散文给我这第一读者最真最美的感受。

2022 年 5 月 19 日中国旅游日

（徐敢，用名徐金福，1944 年出生，浙江省义乌市佛堂镇人，从小爱好阅读和写作，自 20 世纪 80 年代初涉足义乌文坛，迄今已在《东海》《芒种》《新华文摘》《儿童文学》《文学报》《香港文艺报》等 70 余家报刊发表作品，已出版长篇小说《白天鹅灰天鹅》、小说集《徐敢小说选》、散文集《去去游记》、长篇报告文学《柔情铁汉丁履生》、文论集《我与文学》等专著 11 部，编著 20 余部。中国作家协会会员，中国散文学会会员，中国报告文学学会会员，义乌市古今文学研究院创始人、理事长、首任院长。）

追寻过往，热爱生活

——评析张琳琳的"散文日记"

◎ 汪 炜

　　张琳琳同志是一名廿三里第二小学的人民教师，身边的事物相对固定不变，在这种相对规律的生活环境中，能够写出如此细腻的文字也就顺理成章了。她的典型作品大多是散文与日记的有机结合，但在记叙内容方面，绝非简单的日常记录，而是有感性、有理性、有知性地讲述生活。在谋篇布局方面，形式也很丰富，有插叙、有倒叙、有顺叙。细细品味，其精妙之处在于作品中有真情、有真意、有真心。

　　有真情，是指感情真实无妄。文章没有华丽辞藻的堆砌，靠细节的陈述自然抒发情感，读起来不突兀、不造作。如在《母亲的缝纫机》中，由于人类的情感看不见摸不着，作者便使用缝纫机这一载体寄托对母亲的深厚感情。文章根据时间顺序展示这台缝纫机带给自己的感动和喜悦，每一次时间演进都是感情的积累。这种情感绝不是空洞无味的，而是有充足的细节支撑，如对床上四件套的描述："看到她开心的样子，我赶紧接过她送我的礼物，细细地欣赏手中沉甸甸的礼物，这的确是一块好布料，挺厚实；花纹图案也的确好看，天蓝底的布料上是一朵朵刚刚在枝头绽放的玉兰花，白的如玉，粉的似霞；那密密的针脚均匀地铺在被套上、被单上、枕头套上。"作者虽然没有描述母亲是如何制作这些东西，但这些细节已经足够让读者感受到母亲之用心，可以让我们联想到在一个深夜里，作者的母亲坐在缝纫机前，为子女认真工作的样子。文章《一碗入心》用了类似的写法，作者写道："我有些迫不及待地用搪瓷勺子舀一小块放进嘴里，软软的，滑滑的，口感淡雅，再喝上一口清凉的泉水，'真好吃，太好吃了！'我忍不住赞叹起来，'母亲，明天可有择子豆腐吃吗？''明天还有，给你留着哩！'母亲总是那样温柔地对我说。"作者之所以具体展开描述择子豆腐的口感细节，其实是"旁敲侧击"直指那份沉甸甸的母爱，这份母爱是自己长大以后，对抗病痛、困难的有力武器。以上细节皆体现了字里行间浓浓的人情味，奠定了文章的基调。

有真意，是指情节真实无妄。文章展示作者最真实的经历，让读者深有共鸣，读起来不牵强、不虚假。文章《青春期的烦恼与醒悟》描述了作者讲述了自己少年时期，贫困而窘迫至极的故事，但经过艺术处理，看别人陷入窘境的情节也会变得很有趣。如"终于轮到我们了，他指着这辆破自行车说：'谁骑这车？'父亲指着我说：'给我女儿用，明天就要开学了，麻烦大胖师傅修好来。'大胖师傅故意眯着眼睛说：'修不好了，这破车。'父亲是相信他的，一定能修好，而我却突然对他一点好感都没有。"通过寥寥几笔，一个"嘴贱"的修车师傅跃然纸上，让人忍俊不禁。又譬如文中所写："偶尔我经过时，看到他低着头在修车没发现我，我真是阿弥陀佛谢天谢地逃过一劫。大胖师傅的取笑深深地伤害了我的自尊心，我告诉母亲我的烦恼，但是母亲的劝说对我一点用也没有。"作者把当时尴尬和羞耻的感受，描述得丝丝入扣、入木三分，读者马上就能体会到。恰好这种窘迫不仅仅是贫困带来的，每个人害怕心虚的时候都会是这样的反应，因此任何人都能抓住这里的情绪。当然，本文在逻辑论证上存在一处美中不足之处。本文的引子为儿子有青春期的烦恼——要玩游戏、买鞋子融入集体，因此作者教育孩子要把注意力放在学习成绩上，用优秀的成绩弥补物质烦恼；反正烦恼一个接一个，要用乐观的心态看待烦恼（此教育理念见仁见智，笔者在此不予评价）。但作者小时候的"大烦恼"可是通过姐姐资助得到彻底解决的，看来满足才是解决烦恼的好办法。此处对文章的中心观点起到一定"反证"作用。

有真心，是指心声真实无妄。文章贴近日常生活，表达的是自身最真实的态度观点，让读者很好接受，读起来不难懂、不晦涩。在文章《秋桂香否，知否，知否》中，"这时候，我仿佛置身于花香的世界，忘记了一切的烦恼，内心变得宁静而柔软。这里的桂花是柔软的，这里的小草是柔软的，这样的夜晚更是柔软的，唯其柔软才能珍惜眼前的所有，去包容我们一不小心受伤的伤口。"置身桂花飘香之中，其精神美感让作者内心变得十分柔软，事实证明，"借景"不仅能"抒情"，还能催人反省思考，从而获得启发。作者对桂花香气之喜爱的态度是直接明了，更是我们都可以理解的。作者不仅对具体的事物有思考，对抽象的东西也有独到的见解。如散文《等待》中，文章从朋友对男朋友的等待，写到自己对丈夫的等待，后联想到世间的一切等待，揭示了等待也是一种"相对论"。基于对幸福和未来的期待，我们愿意久等，而对走出烦恼和困顿的等待，则是一刻也不想等。此文其实是作者对丈夫的一份情书，表达了作者对爱人的依恋态度，文章的结尾就"暴露"了这一点："等待是幸福的，生活正因为有了等待，才有了憧憬。"而只有遇到对的人，才能等出不一样的风景。

芸芸众生中，我们大多数人的生活是紧张而重复的，张琳琳同志也不例外，如想得到不一样的收获，大家不妨抽空看看她的作品，相信一定能够获益匪浅。

目录

幸福回忆

快乐工作

美好遇见

幸
福
回
忆

母亲的味道

小时候，我最喜爱吃妈妈包的韭菜肉馅饺子。妈妈包饺子的情景仿佛就在昨天。那味道一直不变，萦绕在我的心头，温暖如春。

"明天就过节啦！孩子们都喜欢吃韭菜肉馅饺子，明儿个起早去集市买块肉，记得要瘦肉。"母亲再三叮嘱父亲，生怕父亲忘了这事。

第二天，我还在睡梦中，就依稀听到父亲的自行车被拉出家门的声音。不用说，父亲赶集去了。

当我下楼吃早饭时，母亲早已在厨房里忙活开了，她把肉洗了又洗，接着切成小块，然后开始剁碎。"剁剁剁剁剁"母亲剁着肉，不一会儿就满头大汗了。剁肉是力气活，那时候我还太小，无法懂得母亲的辛劳。

切韭菜是母亲的绝活，她能飞快地把韭菜切得细短。只见她左手按着韭菜，右手开始飞快地切起来，"嚓嚓嚓"的声音有节奏地起起落落，我常常看得眼花缭乱。

如果说剁肉是力气活、切韭菜是技术活，那么拌馅儿应该算得上科研活了，盐、酱油、香油、味精等调料在母亲的手里娴熟地掌握分量。最后，母亲用鼻子闻闻就能判断这陷的味道是否恰到好处。

母亲耐心地包着饺子，脸上常常洋溢着慈祥的笑容。我总会在旁边数数，一共几个饺子，心里常常想一人吃几个。母亲早已猜出我的心思："别数了，保准让你吃个够。"我做个鬼脸，开心地跑出家门，得意极了！在母亲的关爱下，我的优越感总是比同龄人足。当母亲把热气腾腾的饺子捧上桌，大声叫着我的名："琳琳，琳琳，好吃了。""来了，来了……"我远远地答应着。看着桌上那碗白里透亮的饺子，上面撒着绿得晶莹的蒜叶，我赶紧夹一个放进嘴里，闭上眼睛，慢慢嚼着那皮、那馅儿……"好吃吗？味道怎么样？"母亲那温柔的话语直入我的耳朵。"妈，太好吃了，这碗吃完，我还想再吃一碗。""好，好，让你吃过瘾。"母亲笑着又去煮饺子了。

时间渐渐地流逝，母亲也慢慢变老了，两鬓开始添了几丝白发，额头上多了几道皱纹，手也变得粗糙不堪。但是过年过节，母亲总会包我喜欢吃的韭菜肉馅饺子。那时母亲差不多把肉剁成细肉末了，就会让我搭把手。我才知道菜刀的沉重，才明白母亲的辛劳，才体会吃一顿韭菜肉馅饺子的不易，它凝聚着母亲对孩子深深的爱！

参加工作后，我待在母亲身边的日子越来越少了，结婚成家后，去看望母亲的日子又是少之甚少。那天，朋友送来一些荠菜，说包饺子特别好吃。我就想自己尝试着独立包饺子现在包饺子已不比当年那样麻烦，肉是机器绞的，着实省了不少麻烦。由于先生不在家，无奈，我只好去请教母亲怎么拌馅。我把手机设置成免提，母亲耐心地一步一步教我，我照着她的吩咐一步一步做。当我把馅拌好，儿子缠着我，也要学包饺子。我就和儿子说起当年外婆包韭菜肉馅饺子的故事，儿子一边听，一边笑眯眯夸我："妈妈，你包的饺子我也一定最爱吃呢！"

最近夏桥街开了一家东北饺子馆，谁都说好吃，比机器做、手工包的都好吃，我特地要了一碗韭菜肉馅的，可我怎么吃都吃不出当年那味道，硬是把一个饺子吞了下去。总觉得有什么地方不对劲，一抹脸，竟是一把泪水。这才想起，我已有几月没回家看看母亲了，她最近身体不好，无论如何，我要再亲自包一回饺子，赶紧给母亲送去。

2019 年 2 月 15 日

远去的春夏秋冬

小时候，常常和小伙伴讨论一个问题：一年四季，你最喜欢哪个季节？

记忆中，我是这样说的。冬天的时候，我回答，喜欢夏天。

因为冬天实在太冷，把仅有的毛衣、小棉袄穿起来还是冷。母亲也怕我冷，就让我多穿衣服。记得那时候，因为穿了五六件衣服，整个人特别臃肿，活动也不方便了，写作业的时候，手肘都弯不过来。老师让我们使劲搓手，把手放到嘴巴前哈气取暖。最冷的应该是脚了，虽然穿着棉鞋，但还是冷。课上，老师总会允许我们跺一会儿脚，我们一边跺脚，一边用手捂住嘴，哈着气。老师还在一旁快速地打着拍子给我们鼓劲，我们就越来越起劲，跟着老师拍手的速度，跺得地面都要震动起来。这时候，教室外面温度虽低，但我们心里全都热乎乎的。

放了学，姐姐和我要去河里洗菜，准备烧晚饭。手泡在冰冷的水里，像刀割一样。"太冷了，手指头都快要掉下来了！"我哭丧着脸向姐姐撒娇。"好了，小妹，你先回家吧！"姐姐无数次地宠着我。

劳累了一天的爸爸妈妈也常常关心我们。每次烧火的时候，父亲就给我准备一个小火炉，他先把木炭放进小火炉里，再把烧红的柴火加进去，用蒲扇扇一会儿，小火炉里的木炭顿时旺起来。"琳琳、群群，快过来烤烤火，暖和暖和身子。"我们嬉笑着跑过去，坐在小火炉前。父亲一边烧火，一边给我讲故事。

冬天很冷，但也很温暖。

夏天来了，晚上常常热得睡不着觉。"一年四季，你喜欢哪个季节？"小伙伴们又开始讨论。我会这样回答，当然喜欢冬天。因为夏天实在太热，特别是在田畈割稻子、摘茉莉花时，是我们姐仨最难熬的时光。从天蒙蒙亮就出发割稻子，等到太阳升起的时候，我们已劳作半天了。妈妈把早饭送到了田边，我们坐在大树底下，吃着妈妈烧的茄子饼和稀饭，已然忘了夏天的炎热。

记得我七岁那年，父亲种的茉莉花长势很盛，全家人从早上十点出发，一直到下午五点才摘完。太阳无情地炙烤大地，也烤得我的小脸蛋从红扑扑到黑漆漆，像一朵快要蔫了的小花朵。哥哥常常摘到一半，就央求着去河里洗个澡，每次父母亲都欣然应允。"扑通""扑通"的水声常常灌入我的耳膜，也惹得我羡慕不已，"我不摘了，天气太热！"我又开始撒起娇来。只有姐姐一直坚持着。摘完后，父亲把茉莉花装到编织袋里，骑着自行车，把茉莉花送到乡镇的收购站。后来听母亲说，那几年因为旱灾，粮食没有收成。一家人的生活主要靠茉莉花的收入。

远处传来一阵阵自行车的打铃声，不用说，是父亲回来了。每次父亲送完茉莉花，总要买一筐西瓜和一筐梨瓜回来，让我们使劲吃，那瓜的香味至今还留在我的舌尖上——又香又甜。

这样的夏天，太阳高挂在天空，快要把我们烤成干了，但是内心早已凉快下来。

你可能会问，为什么不选春天和秋天呢？现在想起来，因为这两个季节温度适宜，太舒服，留下的记忆有些模糊。春天来了，父亲找来竹子，百忙之中要给我们做风筝。记得，父亲做的风筝因为竹子太粗，飞不起来。我和哥哥哭闹着，姐姐在一旁安慰我们，母亲耐心地让父亲重做。秋天，树叶纷纷飘落，我和小伙伴在树下捡树叶，比一比谁捡得多，谁捡的树叶漂亮。我把树叶一片一片地叠起来，等秋风吹来，我们来到大坝上，把树叶一片一片送走……父亲知道我爱收集树叶，每天捡了各种各样的树叶送我，还趁空闲的时间，陪我做树叶标本。

小时候的春夏秋冬是那样有趣，有冷、有热、更有暖。

时间呀时间

越来越觉得时间的宝贵，越来越觉得时间流逝得飞快，越来越觉得要用有限的时间来做有意义的事……

人到中年或许不用为衣食住行担忧，也淡泊了名利。但总觉得生活中缺了什么？有时是一种淡淡的忧伤，有时是一种剪不断理还乱的煎熬，有时又是一种静静的无奈……

工作了五天，你是不是想在周末好好休息一番，约上几个聊得来的朋友坐在咖啡馆里有说有笑；带上家人去附近的度假村休闲看风景；或是一个人到图书馆泡在书的海洋里尽情享受知识的阳光……可能你还想做很多很多的事，因为你会觉得周末有 2 天的时间，有 48 个小时，有 2880 分钟，有172800 秒，一定要好好享受初夏赠予的美好时光，听婉转的鸟叫声、赏刚浮出水面的睡莲、吃美味的龙虾、追青春偶像剧……但是到了周日的下午，你或许才会觉得自己没有做任何有意义的事，没有看书，也没有和聊得来的朋友聚一聚，也没有带家人出门走走看风景……此时此刻，你是不是会皱起眉头、跺着脚气恼地说："时间怎么过得那么快？怎么明天又要上班了呢？"此时的你又失落又无奈。但不能改变的是：时间确确实实已经过去了，它不可能再回来，虽然还会有下一个周末，但这个周末是再也不可能回来了。

曾几何时，我总觉得明日复明日，明日何其多。早晨，我开开心心地去上学，在校园里度过漫长的一天，放学时常常问母亲："时间怎么过得那样慢？什么时候才能放暑假？什么时候你才带我去县城玩？什么时候才过年？"母亲通常是一边干家务活，一边严肃地说："就知道放假、知道玩、知道过年，大人可是最怕过年。"那时听不懂母亲说的话。"我就喜欢过年，穿新衣、有压岁包，还有鸡鸭鱼肉好吃哩！"我边说，边做个鬼脸风似的跑出家门去玩了。那年我十岁。

现在我终于读懂了母亲的话，也读懂母亲那严肃眼神里对我的期盼。终于感觉到时间的珍贵，后悔让时间白白地流逝。我决定和时间赛跑。

偶然翻看《青年文摘》，一篇题为《你觉得为时已晚？恰恰是最早的时候》的文章引起了我强烈的共鸣。"是的，既然确定自己喜欢这行，既然迟早要做，相比五六十岁高龄，现在四十多岁开始做，已经是最早了。我们所在的每一天，不都是我们生命中最年轻的时刻吗？"作者的这段话像一根划燃了的火柴，擦亮我心中的黑暗，给了我前所未有的动力，把之前一直觉得做任何事是不是太晚了的念头一扫而空，我决定逆袭和突围，自己与自己决战。

我不再沉迷于刷抖音、微视；不再漫无目的地闲逛朋友圈，更不去百度里看陈年往事的连续剧小视频……让自己真正静下心来，去追求心中早已织就的美丽无比的梦。

早上，太阳刚露出脸，我早已跑完 2000 米，当学校起床的铃声响起，我已坐在办公室里看了好一会儿书。还没到上班的时间，我也早已进教室，有计划地安排一天的教学工作。

周末，做完家务，我会把自己关在书房里，关掉网络，忘掉生活的烦恼，静静地与书里的主人公来一场久违的邂逅，与书中的人物进行一次坦诚的对话。

晚上，在微信群约上几个球友打一场比赛，当汗水淋漓的时候，全身一阵轻松的时候，我才真正懂得"生命在于运动"的道理。每晚睡觉前，"明晚要早睡"的口头禅不再成为一句空话。当时针指向 22 点，我已关机，准备入眠。

和时间赛跑，永远都不晚……

追 星

夜幕再一次降临了，漆黑的夜空里繁星闪烁，就像黑幕布里镶嵌着无数闪闪发亮的珍珠，这让我回想起了儿时的趣事。"这孩子，又跑哪儿去了？"隐隐约约从远处传来母亲焦急的声音。"我在这儿呢！"我生怕母亲找不到，赶紧回应，"我在数星星！"后来母亲对我说，你怎么迷恋上数星星了呢？我偷偷乐着，说不出话来，那年我六岁。

从小我就有一个梦想，追上那颗最亮的星星，大声对他说："你愿意和我交朋友吗？""哈哈哈，你又想追星星了！""哈哈哈，去梦里追吧！"周围的同伴你一言我一语地嘲讽着。后来母亲告诉我，星星的家在天上，离我们太遥远了。它每天在夜里出现，是为了给那些找不到家的孩子指点方向呢！你要想和他做朋友，就也做一盏明灯，给迷路的人指明方向，可好？那时，我还不太理解母亲的话，似懂非懂地点点头。

慢慢地，望着夜幕下的星空，我不再数星星，但依旧企盼和星星偶遇。不交朋友也行，不和我说话也行，我就想近距离地看一眼。

"哈哈哈，原来你从小就爱追星啊！"朋友爽朗的笑声把我从遥远的记忆里拉回来。

"也许吧，向往美好，是我一生的追求！"我微笑而语，微微发烫的脸颊似有红霞飞过。

七岁那年，村里有了第一台黑白电视机，每晚七点电视上播放着《射雕英雄传》。不知哪一天，我突然想演剧中的黄蓉，大姐知道了我的想法，就用她的巧手给我梳黄蓉的发型。望着镜子中的"黄蓉"，我显得有些得意，飞快地跑出家门去寻找"郭靖"。在学校的操场上，我们几个小伙伴演起了《射雕英雄传》，我演的就是主角黄蓉，碰上了一见倾心的"靖哥哥"。那一整天的时光，我们几乎都在操场度过，一会儿演"仇人相见"，分外眼红；一会儿演"路见不平"，拔刀相助；一会儿演"珠联璧合"，心有灵犀……

童年的追星经历十分有趣，常常让大人忍俊不禁，也让我的童年生活多了一份快乐与幸福。

"长大后，你还追星吗？"朋友笑着说。

"当然追啊！"我毫不犹豫地对朋友说。

"你可知道，追星路艰辛至极，你做好准备了吗？"朋友突然显得一本正经了。

"你放心，我追的可都是身边人，他们在我的心目中就是最耀眼的星星。"

那年，我偶然认识一位作家，没认识之前，他就是我要追的对象。那天，他来学校开设文学讲座，我因工作原因，抽不出时间，无缘与作家相见。但让我没想到的是，第二天，他又来了，主要是给参加文学讲座的孩子送上他的著作《我与文学》，同时在扉页上写下激励孩子们热爱文学的话，并签上他的名字。

我从班里上完课回来，看见接待室里坐着一位文质彬彬，看上去很有学问的老者。他穿着一件雪白的衬衫，戴着一副金丝边框的眼镜，正全神贯注埋头写话签名。他不就是徐敢老师吗？哎呀，他怎么来了？我的内心激动不已，久久不能平静。今天，我非要认识他不可，可怎么去认识他呢？天生性格腼腆的我为找不到认识徐敢老师的理由而急得像热锅上的蚂蚁。

"星星"就在我眼前，勇敢一点，去追吧！我给自己暗自鼓劲。

"徐老师，您好！请喝茶。"我端着一杯热茶，来到徐老师面前，先做了自我介绍。"你好！你热爱文学是一件好事，把你的作品拿来我帮你看看。"徐老师亲切的话语使我的自信心增加了不少。

接下来的日子里，因徐老师的鼓励，我更加热爱文学，开始在《枣林》《义乌商报》上发表自己的散文。因粘上这么一颗"星星"，自己的生活也因此更多姿多彩，并与徐老师成了忘年交。

偶然的机会，观看了一场乒乓球团体冠亚军决赛，参赛的两支队伍实力相当，都有夺冠的可能，就看谁发挥得更出色。那场球赛，冠军队里的一位球员的超常表现，让我遇见了前所未有的"球星"。他的发球灵活多变，让对方一而再、再而三地输球；他的进攻性强，弱点少，让对方防不胜防；他的弧圈球，球速快且旋转，让对方的球飞到九霄云外；他放高球又准又狠，不管对方如何发力，他总能把球稳稳地接住……瞬间，球场光芒万丈，球迷疯狂尖叫，我也不例外。

我多么想走上前去，祝贺冠军队，祝贺这位为团队立下赫赫战功的运动员！

都说有缘千里来相会，时隔两年，有幸与这颗"球星"相遇。那天，我受朋友之邀到四季餐厅吃饭，正凑巧，他也来了。

"你好！你不是上次夺得冠军的主力球员吗？"我主动上前打招呼。

"你好，你是？"他向我微微一笑。

"我是你的忠实粉丝，我也喜欢打乒乓球，能给我签个名吗？"我赶紧拿出笔记本给他。我们还互相留下了联系方式，他鼓励我好好练球。

我准备重拾我的兴趣，白天抓紧时间完成工作上的任务，只为晚上有时间去球馆。吃过晚饭，若已完成工作，我会开心得像个得到奖励的孩子一样，背上球包，前往球馆练习乒乓球。"打得还不错，加油！"在球馆相遇，他总不忘给我鼓励。有时是一句鼓励、有时是一个眼神、有时是一个微笑……他的鼓励给了我前所未有的动力。

"只要你努力，精彩一定属于你。"他再一次鼓励我。

追星的历程，让我懂得感恩与珍惜，也遇见了所有的美好；让我懂得努力与进步，战胜了自卑，收获了友情。

我不可能拥有整个星空，但我毕竟追上了几颗"星星"呀！

2020 年 7 月 16 日

等 待

　　有人说，等待是漫长的，哪怕等待一分钟，地球也仿佛停止了转动；空气也凝固了，时间戛然而止；继而等的人愁眉苦脸，失落惆怅，甚至万般痛苦。也有人说，等待是幸福的，哪怕等待一辈子，生活也会像盼星星盼月亮那样有盼头；时光也仿佛被涂抹上了色彩，五彩缤纷；等的人每天露出甜美的微笑，心情愉悦，甚至手舞足蹈。

　　那天朋友哭丧着脸抱怨男朋友欺负她，说好来单位接她下班一起吃晚饭，结果她从下班五点等到晚上八点，迟迟不见男朋友的身影，原来男朋友临时出差，走得急，没联系上她。单位里的同事一个个都走了，办公室里黑漆漆的一团，街上的灯都亮起来了，灯光照在她梨花雨般的脸上。她边说边依旧委屈地落泪。

　　都说害怕失去才是痛苦的根源，若是坦然面对，等待也会有不一样的风景。我想每个人都有等待的时光，只要你愿意等，一辈子都不算长；你若不愿意等，一分钟也觉得多。

　　那年，单位派我去外地培训半个月，回来的前一天，他说好要来车站接我，并带我去郊外野游。那一整天，我激动得像吃了兴奋剂一样，盼着培训快快结束。

　　"我已到车站了，你下班了吗？"

我发了一条消息，他半天没回我信息，我想，他一定还在忙，我就看会书吧。我一边看书，一边也忘记了等待的时间，心里满心欢喜，只为等一下能看到他。看着书中的文字，脑海里出现的是他的脸庞、他的笑容，我记得他每次笑起来，眼睛总是充满柔情，我的少女心一次次融化在他爱笑的眼睛里。

坐在车站的铁椅上，背后的骄阳照得我心里也暖暖的，他到底来了没有，在路上了吗，还是在忙？昨天不是说好五点半来接的吗？

手机震动声突然响起，我打开手机一看："现在还有点忙，你再稍微等一下。""我知道你是工作狂，没关系，我愿意等。"我自言自语地说。

车站里还是十分热闹的，到站的车辆，下来的乘客还是特别多，他们拉着旅行箱，一拨又一拨的乘客快速地奔往出口的方向。看着他们消失的背影，我想：他们走得那么快，一定是有人在等他们，或亲人或朋友或是单位领导，总之，他们都有等待的人吧！

太阳慢慢地降落下去，背后的骄阳不见了，紧跟随着一股带着热气的夏风吹过我的脸庞。华灯初上，带热气的夏风又变成了清凉的夏风，望着远处渐渐爬上来的美丽明月，我还是愿意等，相信他会突然出现在我的面前。

等待是幸福的，生活正因为有了等待，才有了憧憬。

一碗入心

择子豆腐是我小时候最爱吃的。每到暑期，母亲总会做择子豆腐给我们吃。母亲做择子豆腐的工序在我的记忆里有些模糊了，印象最深的是母亲熟练地把已经做好的大块的择子豆腐切成一个个小方块放到高脚碗里，倒上从山脚下接来的清甜的泉水，再放上些许红糖和醋，一碗沁甜冰凉的择子豆腐就摆在我的眼前了。

我有些迫不及待地用搪瓷勺子舀一小块放进嘴里，软软的，滑滑的，口感淡雅，再喝上一口清凉的泉水，"真好吃，太好吃了！"我忍不住赞叹起来，"母亲，明天可有择子豆腐吃吗？""明天还有，给你留着哩！"母亲总是那样温柔地对我说。

长大后，离开母亲身边了，再也吃不上这"忆童年""记乡愁"的味道了，但这样的甜美记忆一直留在我的脑海里，藏起来、抹不去。每次和朋友谈笑，只要说起择子豆腐这个名字，大家就觉得特亲切，仿佛是住进生命里似的。虽然吃不到，但总是能想起它，就像知己，随时随刻会想念。

刚参加工作没多久，因几个晚上连续加班，我突然病倒了，浑身无力，饭吃不下，一点胃口都没有。那晚，几个要好的朋友相约来宿舍看望我，我躺在床上，一副病恹恹的模样。"你怎么就不会好好照顾自己呢?"一个朋友关心地说道,"工作固然重要,但身体可是革命的本钱啊!"我无力地点点头。"告诉我们,你想吃什么?"另一个朋友同样关心地问我。

"我想吃择子豆腐。"我轻轻地说道。

"那好办,我家里有,我母亲做的,现在就去拿。"朋友飞似的跑出门去了。他家离我宿舍大概有个把小时的路程,在我的记忆里,那天他最多半小时就回来了,手里拿了一个透明的饭盒,里面盛放着满满的栗壳色择子豆腐。

"快吃吧!"朋友说着,打开盒子的盖,递给我一个青花瓷的搪瓷勺子。我赶紧盛一块吃到嘴里,那味道是那样熟悉,软软的、滑滑的,口感淡雅,非常好吃。我低着头,一口接着一口地吃,还没吃完一半,胃就舒服多了,原本好似压着胃的沉重石块像是遇到了魔力,开始融化了,阵阵暖意在我的身体里蔓延开来。快吃完的时候,人突然就有了精神,眼里有了光,脸上有了微笑。择子豆腐像一味良药医治了我虚弱的身体。

这时,我闻到了窗外的茉莉花很香很香,一阵一阵,四散飞扬。离开母亲,还能品尝到母亲的味道。择子豆腐,一碗入心。

2020 年 8 月 7 日

水是甜的

生命在于运动，当你跑完 1000 米或 2000 米，当你打完一场篮球赛或踢完一场足球赛，当你气喘吁吁跳完 1000 下绳……你一定是大汗淋漓的模样，豆大或细密的汗珠从你脸上、额头、背上、手臂上渗出来，像是一道道河流里的水不断地涌来，这时你一定会感到特别放松，全身也是一阵轻松，流汗的感觉是那样爽，像一阵风吹过一片草地，又像一阵雨浇灌在一大片花上。运动滋润着你的生命！

这时候，你若端起一杯水，那水的味道一定和你平时喝的水的味道是不同的。即使水有些微烫，也阻止不了你急切想喝水的心情。你冒着汗，小口小口地喝着白开水，越喝，汗冒得越厉害，你越感到惬意。此时，你是否感觉水的味道是带着淡淡的甜味呢？假如是，你是否觉得幸福其实很简单呢？如果说茶是香的，那么水一定是甜的。细细想来，这似乎很有道理。

家乡的山脚下有一股甘泉。在我童年的记忆里，每到农忙季节，孩子们便前往甘泉处接泉水来给大人解渴。每天的上午和下午，我负责接泉水并送到田间给烈日下劳作的父母亲喝上半壶。父亲每次喝泉水的时候，我就在边上默默地数数："一、二、三、四、五、六、七……"父亲总能喝上几十口，喝完的时候，用衣袖擦擦嘴："啧啧啧，这水真甜啊！"

我很纳闷：父亲为什么这么能喝，为什么说这水是甜的呢？
父亲摸摸我的头说："付出越多的汗水，越能品味水的滋味。"

记忆的闸门翻开了我幸福的一页，水的甜味仿佛就在昨日。那年学校组织我们去春游，目的地是离学校二十五公里的仙霞山，我兴奋得一夜没合眼。第二天天一亮我就背着包赶去学校集合了，包里装着母亲为我准备的蒸馄饨。行走到半路我才发现自己忘了带水，怎么办呢？我又渴又累，脚重得像灌了铅似的，怎么也走不快。老师告诉我们才走了一半的路，大家必须坚持住。我只好咬牙继续往前走，慢慢地我落到队伍的尾巴上了。

"怎么了，走不动了吗？"同学小朱关心起我来。

"太渴了，我忘了带水。"我有气无力地说着。

"喏，快拿去，赶紧喝吧！"小朱递过来他的军用水壶。

"那我喝了，你咋办？"我咽了咽仅有的一点口水，"你不嫌弃我喝你的水壶吗？"

"不嫌！"小朱微笑着看了看我，"你等等！"

说完，小朱在路边的树叶上摘了一片较大的树叶，用手擦了擦，放到水壶的口边，说："来，快喝吧！"我心里乐开了花，张大嘴巴，水壶里的水顺着树叶流到我的嘴里，也流进了我的心里。最终我坚持到底，走到了春游的目的地，还登上了顶峰，饱览了家乡近几年的发展变化。远处的高楼大厦鳞次栉比，还有绿水青山，像一幅美丽的山水画定格在我的心中，支撑我信念的就是那股水的甜味。

当一个人，真正能品出水的甜味，可能就会在幸福的生活里享受一生！

人间有味是清欢

外面又下起了雨，"沙沙沙沙"的声音灌入耳膜，烦躁之情油然而生！越烦躁就越要静下心来，我总是这样逼迫自己。让外面的雨再下得猛烈些吧！最好一次下个够。当我这样想的时候，雨点敲击瓦片、树叶、玻璃窗、地面的声音疑似一首和谐的打击乐，"叮叮咚咚沙沙……"

每天吃完晚饭，是我劳累了一天后可以休息一小会儿的快乐时光。我可以尽情地去操场走会儿路，也可以静静地去书吧看一会儿书，还可以和几个聊得来的同事说说班上孩子有趣的事。但一想着还有很多很多事等着我去做，比如：策划活动方案、修改学生的小论文、批改作业、写写我的教育随想等，我就再也没有闲心享受这份小美好。

人的工作节奏一旦像上了发条的机器停不下来的时候，其实也是挺危险的，我又开始变得烦躁不安。工作的忙碌和生活的悠闲其实都是漫漫人生路的脚步，但我却不能很好地处理其中的关系。我怀疑自己是上了年纪的缘故吧！那天好友发给我一篇微信推文《人生缘何不快乐，只因未读苏东坡》，给了我很大的启发。苏东坡不管是仕途顺达还是逆境当道，始终保持着人格的超然独立，他是一位真正的君子。在经过仕途的起起落落后，苏东坡终于悟得——人间有味是清欢。

　　我决定重新找回那份原本属于我的快乐。白天，我把工作安排得井井有条，认真对待每一件事，和孩子们一起阅读曹文轩的《草房子》，一起探讨学习的好方法，在自己工作岗位中收获满满的快乐。不再沉迷于刷微信群、刷朋友圈，刷小视频等，我一直认为这些事应该是最无聊的了，时间一下子就溜走了，你收获的仅仅是酸痛的眼睛。

　　下班后，我不再纠结于工作上的事。那段时间，我无意中爱上了全民K歌。随着熟悉的旋律响起，我尽情歌唱。《我从草原来》，我模仿原唱，唱出凤凰传奇的风格：欢乐与豪迈。仿佛自己也来到草原，望着一望无际的草原风光，我好像一只雄鹰在自由翱翔；唱《星语心愿》，我忧郁苦闷，沉浸在歌词的故事里，舍不得你的离去，仿佛我就是故事中的女主角。此刻，我满眼泪水，剩下的只有不舍与无奈；唱《匆匆那年》，往事历历，我青春懵懂，校园的欢乐时光仿佛就在眼前，我们一起吃方便面、一起看电影、一起在校园最美的角落里牵手漫步。生活不能缺少音乐，不管音乐的旋律和意境怎样变化，我们总会在音乐里寻找生活记忆，悲伤也好、欢乐也罢，它终究随着时光的逝去而不存在了。

　　一位作家说过"人总要待在一种什么东西里，沉溺其中。苟有所得，才能证实自己的存在，切实地概括出自己的价值"。我豁然开朗。生活总有望穿秋水的期待，也有不期而遇的惊喜。愿我们都能在点滴烟火里，体会人间清欢。

岁月静好

如果你遇到一本自己喜欢的书或者一部喜欢的电视剧，我想你一定觉得主人公身上折射出了自己的影子，或是看到了似曾相识的经历，或是对生活的向往，抑或是得到生活的启示。

在这样一个宁静的夜晚，我倍感甜蜜和幸福。完成了当天的教学工作以及杂七杂八的琐事，紧张的心就放下来了，此刻就像踩在海洋球上，随心所欲，想彻底放松。时间还早，在办公室里看会书也好。

看《平凡的世界》就像在经历一个真实故事，更像是经历真实的生活，虽然那个年代离我有些距离，但听父母说过这样的事，所以又倍感亲切！金波和藏族女子有纯洁的爱情；向前和润叶没有爱情，但向前爱润叶，只想默默地守候着；郝红梅经历着磨难，润生看到后，就一心一意地想为红梅做点什么……人与人之间的感情是说不清的，爱与恨交织着，最后又总会释然！

林清玄的《生命之始，花开花谢》，作者感悟父母美好的爱情。父母相视而笑，不能言传，使他内心燃起一团好奇的火苗，懵懵懂懂，十分美好！母亲的一言一行极其温柔细腻，在孩子心里，母亲如此美丽。我不由得想起自己的母亲！六岁那年，母亲为了增加点收入，去较远的小镇上的服装厂上班（后来得知是小舅舅上班的学校里的一家服装厂），每周只能回来一趟。到了天黑，我就暗自流泪，母亲不在家，家里空荡荡的。虽然父亲也会和我姐仨讲故事，可我还是依恋母亲。有一次，我不小心落水了，刚好大舅舅从田畈回来看到，把我救上来。刚好第二天母亲回家，我把事情的经过一五一十地告诉她，母亲把我紧紧地抱在怀里，答应把我带在她身边……

我平时很少看电视连续剧，总觉得太浪费时间，但是《我的前半生》才看了一个开头就被女主人公罗子君娇滴滴的、以自我为中心的全职太太角色吸引住了。我不知道眼前这位被物质满足的幸福女人的前半生会是怎么样的，因为我始终认为，精神上的富有才是真正的富有。

有期待才有精彩，罗子君的幸福生活在她毫无准备的情况下突然瓦解了。丈夫陈俊生提出了离婚，罗子君整天以泪洗面，好友唐晶帮助罗子君走出了困境，找到了工作。我特别佩服罗子君离婚后离开陈俊生，活得好好的模样：卖力工作，面相阳光，善待一切。突然我对婚姻有了更深的认识，婚姻需要夫妻用心经营。恋爱是甜蜜的，婚姻是柴米油盐过日子的。再美好的爱情如果不好好经营都会随着时间的流逝趋于平淡，过着重复的生活，说同样的话，常年千篇一律的、一成不变的生活，是会让人厌烦的。陈俊生就是厌烦了眼前的生活，妻子的不信任、工作的压力使生活失去了原有的光彩，身边凌玲的出现让生活有了波澜、有了滋味，凌玲的温柔体贴以及对陈俊生的"爱"——为了陈俊生离婚了，还说爱陈俊生是她一个人的事，让陈俊生感到难过与心疼。他该为凌玲负责，所以和罗子君离婚成了理所当然。罗子君由崩溃到坦然，再到强大，像飞蛾扑火一样勇敢向前……夺回了平儿的抚养权。

我想到了自己的婚姻，想到了平时沉默寡言的丈夫，他用实际行动默默地照顾这个家、照顾孩子，也非常关心我，让我全身心地投入到工作中。每当拖着疲惫的身体回家，他总愿意倾听我的唠叨，愿意帮助我解决我的困惑，我的幸福感瞬间爆棚！家里每次吃鱼，他总会为我夹鱼肚上的肉，因为那里的鱼刺最少。把鱼肉夹我碗里时，还不忘嘱咐："小心鱼刺。"前些天，天气异常炎热，我也不小心长了痱子。那天，脖子下突发奇痒，我忍不住抓了几把，并让他看看是怎么回事。他看了之后，笑了笑说："长痱子了。"说着用花露水在我脖子下抹了一把。我顿时感到一阵清凉，幸福甜蜜之味瞬间涌上心头，被人关怀的感觉总是最幸福的。

我喜欢看书，也喜欢看我喜欢的电视连续剧。看着看着就入迷了，勾起了我的美好回忆，落日的余晖洒落在我眼前的大玻璃窗上，又红又暖！

青春可以做梦和犯傻

"怀念啊，我们的青春啊！昨天在记忆里生根发芽，爱情滋养心中那片土地，绽放出美丽不舍的泪花……"我一边听歌，一边欣赏城市夜晚的美景，淡淡的忧伤旋律伴随着歌手的深情演绎，让我内心澎湃万分。回想起上高中的那段时光，有梦想、有追求，有快乐，也有失落。正如俞敏洪所说的那样，青春才可以做梦和犯傻。

高中毕业的那个暑假，同学约我去东阳横店招聘群众演员。因招聘条件需要，去之前，我俩各花了十二元钱，拍了一组黑白和彩色的艺术照，看了照片里的自己，一头像黑瀑布似的长发，一双黑白分明的大眼睛，涂着口红的微微上扬的嘴角，演员梦在心里萌生了。那天我俩起了个早，坐上去义乌的中巴车，再从义乌转车到横店，一路颠簸了三个多小时终于到了横店，又雇了一辆"碰碰车"终于来到了横店影视城。工作人员直接带我俩到导演的办公室，正巧，导演不在，工作人员让我俩留下联系方式，并允许我俩免费参观影视城。当时，我俩就像出笼的小鸟在影视城里自由翱翔，看着一排相同风格的国外建筑，每一幢楼房前都竖着一面不同的国旗。听工作人员说，这是拍摄《鸦片战争》中八国联军侵略中国需要的场景。后来听说群众演员需要自己解决住宿，我俩就决定不去了，临走时也没有和工作人员打招呼，就悄悄地溜回来了。现在回想，青春就是怀揣着梦想，就是犯傻，不在意结果，只在乎立即行动。

有一年，学校要举办大型联欢会，地点选在了剧院。全校几千学生排着队浩浩荡荡地行走在街上。

"刘德华被你拎在手上了。"同学悄悄地对我说。

"什么！什么刘德华！"我一脸茫然，有些莫名其妙。

"美工班的小花可是刘德华的忠实粉丝，她看到你的纸袋上有刘德华的头像，在生气了！"同学神秘兮兮地说。

"天哪！这是哪门子的事。"我赶紧看看自己手上的纸袋，真有刘德华的头像。再往后看看小花，她正皱着眉、噘着嘴、甩着手臂，气势汹汹地看着我。我暗地里觉得太好笑了，一个从未见过面的歌星让小花这样崇拜，现在想起来，或许青春就是犯傻的时候。

一个白雪皑皑的大冬天，上课铃声还没响起，坐我前排的同学小芬神色慌张，急匆匆地跑进教室，坐到座位上，快速地摘下粉色的毛线帽。我还来不及问她怎么了，只见政教主任金老师已出现在我们教室门口。"戴帽子的那位同学请出来！"金老师话语里透着严厉。教室里，同学们你看看我，我看看你，只有晓蓉同学戴着帽子，她有些莫名其妙，还没缓过神来，"还不愿意出来是不是？"金老师又厉声呵斥起来。晓蓉委屈极了，带着哭腔说道："你们还有谁是戴帽子的，快站起来呀！"我大概已明白怎么回事了，就在这时，小芬勇敢地站起来，走了出去，和金老师解释着什么……然后跟金老师走了。

后来小芬同学回来了，她兴奋地告诉我们，平时严厉的金老师没有让她写检讨书，只是口头批评教育了她。原来事情的经过是这样的：我们的教室在三楼，小芬正和二楼男同学玩掷雪球，她拿起一个大雪球用力往下砸去，雪球没有扔进二楼走廊，而是不偏不倚扔到了一楼刚走来的金老师头上。金老师抬头一看，她吓得赶紧躲回来，估计金老师刚好看到了她是戴着帽子的，所以就发生了之前的那一幕。我们一边听，一边捧腹大笑。青春的时光少不了欢笑！

青春有太多的美好回忆，现在想起来，也不禁为曾经的做梦和犯傻大笑一番……

2020 年 9 月 26 日

割稻的时光

风里带着雨丝、带着一丝寒意，天公不是很作美。"老师，今天还去割稻谷吗？"孩子们的眼神里流露出渴望与迫不及待。"去，当然去，叔叔阿姨已经给我们准备好雨衣了呢！""哇，太好了！"孩子们兴奋得一蹦三尺高。

我们坐上大巴直奔目的地——美丽的何斯路村。一下车，雨似乎停了。映入眼帘的是一眼望不到边的稻田，像无边无际的金色海洋。走进一看，每丘稻田之间的田埂上还种着像蝴蝶一样的花朵。秋风吹来，沉甸甸的稻穗笑弯了腰，花儿笑眯眯地舒展开花瓣。记忆中，稻谷成熟的时候，就是这样黄澄澄的一片，每粒稻谷都十分饱满！父亲常常站在田边，望着丰收的稻谷，引以为豪。"今年又是一个丰收年！"母亲的脸上也是喜滋滋的。"稻花香里说丰年，听取蛙声一片"，全家人都很开心！小时候，我们常在田间地头劳作、嬉戏，其乐无穷。

"张老师，往这边走，这里有条小道。"学友倩倩老远就喊来了。一边喊，一边过来接应我们。孩子们一个接一个地跳进小道，甭提有多开心了。"丰收的大地，我们来了！""金色的海洋，我们来了！"孩子们一个劲儿往前冲，丝毫不顾路面太窄，脚下像装了风火轮，腰间像插上了翅膀的鸟儿，飞翔在这片丰收的大地上，快乐无比。

来到稻田边，我给孩子们简单地分好组后，就开始割稻了。当地的农民伯伯分发给孩子们每人一把镰刀，还有一双手套，生怕他们的小手被镰刀或稻秆上的锋利小齿伤害。我们小时候可没有这样的待遇，我左手小拇指上至今还有被镰刀伤害的痕迹呢！

看着孩子们兴奋地割稻谷，我想起了我的童年，我的劳作时光。每年暑假的七月下旬，早稻开始丰收了。凌晨四点，天刚蒙蒙亮，母亲就喊我们起床："现在太阳还没升起，割稻子凉快，快起来啰！"母亲的话语总是温温婉婉的，像春风沐浴在我们的心坎上。我们揉揉惺忪的睡眼，跟着父母亲走在灰蒙蒙的田间小路上。

到了田间，父亲卷起裤脚，拿起镰刀，先快速地割一块空地出来。再做一个分配，父亲割八株，母亲割七株，姐姐、哥哥每人割六株，我割四株。全家人齐上阵，"刷刷刷"的声音，像一首激昂的进行曲在田间奏响，给了我十足的干劲和动力。一开始，我和家人割得一样快，渐渐地，我就跟不上了。父亲是我们的榜样，他割稻子的速度，常常使我看得一愣一愣的。只见父亲左手握住稻子的根部，右手拿着镰刀，他的左手飞快地移动着，右手"嚓嚓嚓"地割下去，父亲的手好大，一次刚好握住八株稻子。割好了，就整齐地放在稻田上。"父亲，你怎么可以这么快，为什么不等等我？"我撅着小嘴有点生气。"你的速度也已经很快了，加油！"父亲黝黑的脸上，炯炯有神的眼睛里总是流露出微笑与鼓励。我不再生气了，继续弯下腰割起稻子。

时间过得真快，太阳已经升起来了，阳光照在田野上，照在一排排已经割好的稻子上，照在我们每个人的脸上。"人多力量大啊！有你们仨帮忙，真好！"母亲也总是鼓励我们。一家人看着劳动成果，特别的喜悦！等回家吃过早饭后，我们就又来到田间打稻谷，打稻谷更是体力活。这时候哥哥和父亲是主角，他俩负责打稻子，我和姐姐负责递稻子，母亲负责清理打下来的稻子。一家人总是那么分工有序，干起活来十分默契。下午，父亲又带着我们来到田间晒稻秆。记得第一次晒稻秆，父亲是手把手教我的，先用几根稻秆捆住一把稻秆，然后抓住稻秆的顶端，顺时针甩一圈，稻秆像转圈圈的裙子一样散开了，再放在稻田上，这样就很容易晒干。稻秆晒干后，很蓬松，躺上去软软的，可舒服了！我和哥哥经常在晒干的稻秆上翻跟头，记得父亲说过，做事情一定要讲究效率的。我们家一般一个星期左右就忙好了五亩地的收种。

"张老师，你快来看我们打稻谷呀！"看着孩子们拿起稻谷，一下一下使劲地敲打在谷桶上，那神情时而皱眉，时而咧嘴笑，看着一颗颗脱落的谷粒，孩子们更加兴奋了。在倩倩阿姨的指导下，孩子们在谷桶底部用稻谷拼出一个大大的"粮"。班里一个最顽皮的孩子累得弯下腰，耷拉着头，上下唇一开一合，声音比蚊子发出的声音还轻，细听才听清他喃喃自语的是《悯农》诗：锄禾日当午，汗滴禾下土……

2020 年 10 月 18 日

那一块最大的红烧肉哟

一直到现在，我每吃到红烧肉，眼前就浮现出童年时代父亲专挑瘦肉给我吃的情景。

那天和朋友一起吃快餐，其中有个菜就是红烧肉。她问我："你爱吃红烧肉吗？"我说："还行。"她说："那这份红烧肉就给你吃。"因为她不喜欢吃瘦肉做的红烧肉。我感到有些惊讶，一般女孩子不是都喜欢瘦肉做的红烧肉吗？我和朋友正好相反，红烧肉上凡是粘着一点肥肉，我是绝不吃的。为此，童年的时候，父母亲常开我的玩笑，以后让我嫁给卖肉的人，只有这样才能吃到不带一点肥肉的红烧肉。听了这些话，我常常和他们生气，还和父亲闹起了矛盾。

那时候，家里条件一般，不过每到周末，母亲就会烧一顿红烧肉，给我们解解馋。一早父亲上集市买来了肉，回到家，洗干净，再切好。然后快到中午光景，父亲烧火，母亲围上围裙准备下锅烧红烧肉。等到香味扑鼻时，我们从外头跑回家围在母亲身边，想先尝尝那喷喷香带有嚼头的红烧肉。"哇，真香呀！""要多久才能烧好！""我能吃到几块？"我和哥哥总是问个不停。

有一次，父亲买的是三层肉，肥肉居多，几乎看不到瘦肉。我有点沮丧，心情闷闷不乐。快到吃饭的时候，我默不作声，只顾着低头吃饭。这时候，父亲挑了一块较瘦的肉放到我的碗里，我仔细看了看，发现还粘着一些油光发亮的肥肉，"我不吃，这里有肥肉。"父亲笑了笑，用筷子夹过去，把些许肥肉先吃掉，又放回我碗里，还不忘说了一句，"快吃吧，很好吃，带点肥肉，才美味哩！"我皱着眉头，又看了看那块肉，居然发现肥瘦相连处，还是有肥肉。父亲可能看出来我迟迟不肯吃的原因，觉得我太不可理喻了，顿时发了火。"好了，你不要吃了，这么矫情，以后怎么活？"我受不了父亲这样说我，泪水夺眶而出，顺着我的脸颊流下来。我"蹬蹬蹬"地快速跑到楼上放声大哭起来。那几天，我都没有搭理父亲。

周末又来了，父亲又去集市上买肉，一回家，就和母亲悄悄说话，意思是，这次买的是瘦肉，是小女儿爱吃的。到了晚上，母亲把一碗色泽鲜亮，红里透黑的红烧肉端上了桌，招呼我们姐妹仨快去洗手，再坐下吃饭。我心里其实早已不再生父亲的气了，但碍于面子，我没有先搭理他。"今天的红烧肉全是瘦肉做的，你们喜欢吗？"平时严厉的父亲，今天难得有了笑容。姐姐笑笑不说，哥哥开心地说道："只要是红烧肉，瘦的肥的我都喜欢吃。"父亲看着我，夹了一块最大的红烧肉放进我的碗里，亲切地说道："快吃吧，你喜欢的。"看着这一块红烧肉，我心里颇有感慨，我知道父亲是爱我的。

吃完晚饭，走出家门，发现今晚的月光格外皎洁。那块最大的红烧肉啊！我叨叨念念像着了魔似的乱走了一通，最后，坐在路边的草堆上放声歌唱……

摔 碗

昨晚，我和同事在学校餐厅里一起吃晚饭，聊着聊着，突然聊到童年摔破碗的经历，我不禁哈哈大笑起来！

那会儿，吃饭都不是围着桌子坐下来吃的，因为每家每户条件都差不多，基本就一两碗菜，都是干菜，基本是没有肉的，且咸得要命，要是有一碗蒸鸡蛋，就会让小孩子们高兴得要命。那时小孩都是把菜夹到碗里，端着碗出门去找小伙伴玩。一边走，一边吃，没多久整个台门里的小孩就差不多聚集在一起，一边吃饭，一边嘻嘻哈哈。这时候，总有孩子注意力不集中，碗没有拿牢，或者一个小孩子碰到另一个孩子的胳膊肘，一不小心，碗就摔破了。"哐铃铃"的响声过后，接着就是小孩的哭声。

在 20 世纪 80 年代，摔破碗可是大事，父母非大骂一顿不可，甚至还要打一顿呢！目的是让孩子记住这个教训，下次可不能再把碗摔坏了。可孩子哪有这记性哦，一不小心还是把碗摔破了，一摔碗就哭，一哭动静就大，动静一大便传到她父母耳朵里了："怎么又哭了，是不是把碗摔破了，你这孩子，这么不小心啊！"蓉蓉妈妈边骂边气势汹汹地走了过来。走到蓉蓉身边，就拧着她的耳朵，揪她回家。其他孩子也就一哄而散，如蜜蜂出巢似的争先恐后玩儿去了。这样的事情每天都有发生，我害怕哪天就发生在我头上了，想到这，不禁打了个战颤！

　　有一天晚上，村里突然停了电，吃晚饭时，我们村西边的孩子都聚集到宽阔的明堂上吃晚饭，有些孩子早早地吃了晚饭，就在明堂上互相追赶，有些孩子玩转圈圈，真是热闹极了！我们还没吃完的孩子就围在一起，听老人讲故事。不知是谁碰了一下我的胳膊肘，"哐铃铃"一声响，碗就摔成了两半。我的眼睛立刻红了起来，平平妈妈走过来说："没事的，把破碗扔到垃圾堆去，把筷子拿回家，就没事了。"我望了望平平他妈，果真这样做了。回到家时，大人都不在，我把筷子一放又跑出去玩了。由于停电，那天晚上妈妈没有洗碗，第二天妈妈也没发现少了碗的事情，现在想起来不禁好笑：大人也有迷糊的时候哩！

红糖小忆

又到一年榨红糖的季节，那股浓浓的糖香从风里飘来，我总是情不自禁地闭上眼睛，闻着糖香，陶醉在红糖的香味里。每当睁开眼，红糖的香味甜味会远远地就钻进我的鼻子，长驻我的心里。

红糖是我们小时候算得上美味的食品，记忆中，母亲总是把红糖装在玻璃瓶里，玻璃瓶放在碗柜里，碗柜有些高，我要站在凳子上，才能拿到玻璃瓶。每次趁母亲不在家，我就拿起小板凳放在碗柜前，爬上凳，小心翼翼地取出装红糖的玻璃瓶，拧开盖，用勺子盛上一小勺，然后用舌尖慢慢品尝红糖的味道。舔上一点，放进嘴巴，酥酥的、甜甜的、黏黏的，那鲜甜的味道即刻入化，甜进嘴里，甜入心里。

有一次，我放学回家，肚子有些饿，正准备搬来小凳子，想偷吃点红糖填填肚子。正当我爬上凳子，打开碗柜门的时候，母亲回来了。我转过身，等着挨母亲的骂。只见母亲走到我前面，把我抱下来。"想吃红糖吗？"母亲柔声地问道。我点点头。母亲拿出装红糖的玻璃瓶，快速地拧开盖，用勺子装了一大勺，让我慢慢吃。我顿时高兴坏了，坐到小板凳上吃起红糖来。一阵风吹来，让我感到特别惬意，眼里流露出无穷无尽的快乐。

记忆里，上初中的一段时间，天气特别冷，母亲很早起来，为我们做红糖炒年糕的早餐。看着白白的年糕粘上一层红糖汁，我们赶紧拿起筷子，插起年糕吃了起来，那味道又黏又香又甜。"嗯，真好吃！""每天吃红糖年糕也不会厌倦。""太幸福了！"我们姐妹仨，你一言我一语快乐地交谈着。"好，每天都做给你们吃！"母亲看着我们吃得开心的模样，她也特别开心。

红糖给予我幸福快乐的童年，现在，红糖的记忆带给我甜蜜幸福的爱情。

忘不了那个初冬的夜晚，天气有些冷，我们开着车到乡下较远的村子买红糖，根据朋友提供的定位，我们一路向前，快乐出发。到了目的地，老远就闻到了红糖的香味。下了车，我们手牵着手一起往糖厂方向走去。糖厂里可热闹了，外面的柜台前围满了人，有的在询问价格，有的在挑选品种，也有的在讨价还价……我踮起脚尖儿往里望去，有的工人在榨糖，有的工人在熬糖，甜雾弥漫着，机器声轰隆隆地响，虽看不清工人的脸，但我猜得到他们此刻的心情，一定十分甜美。我们挤进人群，哇，产品种类确实很丰富，有纯红糖、红糖麻花、红糖核桃、红糖姜汤、红糖麻糖等。

"你喜欢吃什么？"他总是笑着问我。

"都可以。"我也笑着。

"那就每一样都来一罐，把你喂成小胖猪。"他一边说，一边指着我比画一个胖猪的模样。我俩都大笑起来。

我们迅速地挑好红糖食品，满载而归。一路上，我品尝着红糖麻花，松松甜甜的麻花，真是好吃。品尝完了麻花，又品尝了麻糖，最后品尝纯红糖，看着这小小的，四四方方的红糖块，我不由得想起儿时吃红糖的情景，现在的红糖是什么味？我咬上一小口，还是酥酥的、甜甜的、黏黏的，和小时候的红糖味一模一样。

"红糖太甜，减肥的梦可要泡汤了！"我嘟起嘴，皱起眉。

"减什么肥，身体健康就好，胖一点更漂亮！"他还是笑着。

每一寸时光都有欢喜。红糖小忆，永恒的记忆！

2020 年 11 月 10 日

爱上星期五

己记不清是什么时候开始爱上星期五的，反正理由很简单，因为第二天就是星期六了。星期六对于我来说就像是完成了光荣的使命后回家受褒奖的感觉：恣意地睡懒觉、逛公园、买衣服、看电影、静静地阅读……想干什么就干什么。

"今儿个是星期几？"潘先生的工作比较自由，常常忘了是周几。"星期五了呀！"我回头望着他笑。

"这么快！"潘先生拍拍后脑勺，有点不相信。

其实我也觉得这一天一天过得就像是百米冲刺，等你想起来时，已到了终点。一星期七天就是如此，所以我根本不会特意去盼望周末。这不又到星期五了，早上起来心情就特别愉悦，那天无论工作有多忙，我都会欣然接受。因为生活不只是眼前的拼搏，还有诗和远方的享受。

这个点——周五下班，路上的车特别多，再加上下着雨，堵车是常有的现象。我和潘先生送孩子去参加兴趣班，一路上听着车里播放的经典老歌，看着车窗外雨中匆匆而过的行人与慢悠悠行驶的汽车，心里不着急，反而很淡定。坐在车里淋不着雨，很安全，虽然很疲惫，但是内心早已放下忙碌的工作，盼望着明天不用上班的日子。

细细回想起来，读书时就特别地喜欢星期五。那时对于读书的态度，被动接受为多，主动学习为少，整整五天泡在课堂里写着作业、记背古诗、单词，真是枯燥极了！内心就盼望着星期五，到了星期五那天，整个人心情就特别好，像是尝到了蜂蜜的滋味，甜蜜蜜的，上课也特有劲。记得那天老师常常表扬我，向我投来赞赏的目光。"同学们，今天上课的表现很积极哦，作业质量也很好，周末作业可以布置少一点……"

我想我是真的爱上了星期五。这不，忙碌的一周又快结束了，今天又到星期五了。下班后，同事仙仙请我和艳艳、清清一起吃饭。我们来到了万达店的谷香灶房，这里环境清幽，柔和的灯光给人以温暖。老板亲切的笑容与问候，一下子拉近了与顾客之间的距离。仙仙预定的位置是离驻唱歌手最近的，但歌手还没来。我望着那把挂在墙上的吉他，望着话筒和谱子架，想象着歌手的模样。正在这时，一位戴着黑色棒球帽，穿着红色运动卫衣、黑色运动长裤的年轻人微笑着走过来了。他坐上那把酒吧椅，向我们打招呼，问我们喜欢听什么歌。"来一首《选择》，可好？"我也向他微微笑，对他说。"OK！"他再次微笑着对我说。

熟悉的旋律响起来了，"风起的日子，笑看花落，雪舞的时节，举杯相约……"这位年轻人不仅仅是在唱歌，更是在演绎歌曲的故事。我听得陶醉了，以致服务员把菜端上来，我也没理会。"谢谢，一首《选择》送给大家，祝大家周末愉快！"现场雷鸣般的掌声把我从歌声里拉回来，我也赶紧鼓起掌来，以示感谢年轻歌手的深情演绎。仙仙招呼我赶紧吃饭，我一边品尝美食，一边聆听经典歌曲，近段时间忙碌工作所带来的压力与疲惫瞬间化为泡影。接下来，我还点了李健的《风吹麦浪》、伍佰的《一生最爱的人》、周杰伦的《稻香》……

每次歌手唱完一首歌，现场总是会响起雷鸣般的掌声，还有观众的赞美声。不知不觉，时间已到了晚上九点，现场只有三桌客人还在品尝美食并与歌手互动，其他客人什么时候走的，我根本没注意到。最后，我还点了一首《光辉岁月》，"今天只有残留的躯壳，迎接光辉岁月，风雨中抱紧自由……"歌手的深情演绎，让我领悟到生活中不管遇到什么困难，都要勇敢面对，并坚持下去。

星期五，幸福的星期五，浪漫的星期五，充满美好回忆的星期五……这辈子，我就爱定星期五了。

2020 年 12 月 27 日

鲤鱼山就是我的家

大雪之日，我再一次踏进这片熟悉的土地——鲤鱼山，淡淡的忧伤随之而来。映入眼帘的是塌了的老房子，以及村民搬迁后被拆了的房子——一堆敲碎了的水泥墙。大部分村民已经响应政府异地奔小康的政策，搬迁到城西街道益公山的龙山雅苑居住。"昔日喧闹的情景已经一去不复返了！"我不禁感慨万千。

唯一不变的是空气里依旧飘着树叶清新的味儿，我情不自禁地闭上眼睛，尽情地闻。鲤鱼山，我的半个故乡，我深情地爱着你、依恋你、仰慕你……曾几何时，我的心里一直装着你，直到现在，我还是对你一往情深！

第一次踏进鲤鱼山，是二○○四年，清晰地记得是一个秋日的午后，我的爱人第一次带我回他的老家。那时水泥公路还没建成，小汽车颠簸在崎岖盘旋的山路上，像一叶帆船摇晃在大海里。我暂且忘记了头晕，注意力早已被车窗外的山景吸引。远处群山连绵，此起彼伏，望不到尽头。近处红艳艳的一片叫不出名儿的花点缀在绿葱葱的山间，"我喜欢这里！"坚定的声音在我内心响起。

到了目的地，下了车，一望鲤鱼山村四面环山，空气清新得很；二见那个古老破旧的家门，前后相通的老房子黑洞洞，神秘幽静；三瞧那两根竖立着的粗壮的柱子，透着一股子庄严肃穆的味道。气氛延伸到我的脚下，连带着我的脚步都小心翼翼起来。脚底感受着凹凸不平的地面，目光却落在屋檐角落那年代久远的家具上：那土灶台上放着大小不一的三口锅，有着斑斑驳驳的锈迹，现在已经鲜能看到这样的铁器。同样，不远处的木楼梯，有好几处深刻的裂纹，密密麻麻的破洞也令人触目惊心。我不禁心想：这也是住人的地方？因为现在的居住条件普遍有了改善。不是别墅就是排屋，最差也应该是三室两厅的套间。而当先生笑呵呵地给我介绍他小时候坐在哪个位置学习，睡哪个房间，以及喂牛的一些趣事，霎时心底的暖意油然而生，一扫眼前愁云。三三两两的事无不承载着温馨，我听得津津有味，也不由得跟着他一块儿乐呵起来。从那时起，我与鲤鱼山就结下了不解之缘。

二〇〇五年的暑假，在婆婆的提议下，准备把老房子拆掉，按原来的面貌重新修建。当时四哥特意找了东阳木工建筑队，来重新建造，因为要想原样重建，一般的建筑队是完成不了的。在天公爷爷的成全下，在建筑队、左邻右舍地一起努力下，造新房的过程在四十天时间内完成了。还有以前的机耕路，在政府的资助下、村干部的带领下、村民的捐助下，都修筑成了平坦的水泥路。

每年暑假、过年，我都会在鲤鱼山待上一段时间，那段日子成了我生命中最美好的记忆。

暑假里，最为悠闲的是清晨和晚饭后，一家人去山间的小路上散步。走在弯弯曲曲的山间小路上，听着婉转的鸟鸣声和动听的知了声，这时我一定会闭上眼睛，深深地呼吸，感受从树叶上散发出来的清香，沉浸在大山的幸福怀抱里，静静地享受这一刻。越往大山深处走，树叶清香越发浓郁，山景也更加迷人。一路可见潺潺流水沿着山路蜿蜒而下，清澈的溪水发出欢快的响声。突然，树叶发出窸窸窣窣的声音来，原来是可爱的松鼠在树枝上淘气地蹿上蹿下；那些叫不出名儿的鸟，时而停在树枝上婉转歌唱，时而跃动在枝叶之间，时而飞下来落在你的眼前悠闲散步。山上的生态植物极其丰富，一些叫不出名的野山花，兀自绽放着美丽的容颜。山坳里随处可见高大笔直的水杉、光蜡树等，碧绿的树叶在阳光的照耀下散发着金色的光芒，好像新的生命在跳动！

二〇〇六年的一月份，是我第一次回去过年，走在村子蜿蜒的石板路上，老远就听到从我家方向传来的热闹声，大人与大人的交谈声、麻将与麻将的碰撞声、小孩与小孩的嬉闹声……在推开门的瞬间，大家异口同声地表示欢迎，"哟，老五一家回来了。"婆婆会吩咐侄子、侄女帮忙搬行李。我看着新房，对破旧老屋的印象还在，细细环顾四周，结构还是原来的模样，但是窗户、楼板、柱子都是崭新的，那股淡淡的树香味扑鼻而来，非常好闻。我轻轻地走在新的木楼梯上，细细地抚摸着崭新透着油漆光亮的栅栏，心情十分喜悦，像有一道暖阳照进心中。房子虽然是原拆原建，但似乎又有天壤之别。两个房间门朝西，三个房间门朝北。五个房间门前的通廊处和天井之间用栅栏围住，抬头仰望那小小的"天窗"，真的别有一番诗意！

每当楼下煤炉里烧水或煮鸭煮鸡时，那热腾腾的白气和香味就从天窗里飘出去，萦绕在这个小山村里；每当天气晴朗时，那明媚的阳光像一把利剑一样从天窗直射下来，照亮了整座木房；每当阴雨绵绵时，那淅淅沥沥的小雨从天窗落下，滴答滴答，敲打天井里的小石子，小石子变得雪亮雪亮。不管何时，我总喜欢驻足仰望那天窗，那天窗虽然小，却给了我无尽的遐想。

鲤鱼山的村民至淳至朴。他们勤劳善良，每天日出而作，日落而息。山间梯田到处是一片片长势喜人的庄稼。每年的三四月份，家家种的土豆丰收了，那土豆不管煮还是炒，都特别香。还有秋天丰收的番薯，煮起来吃，甜透了每个人的心。那普普通通的金瓜番薯呼唤着村民的记忆，在那个饥饿的年代，番薯是可以饱腹的。如今，村民们对番薯依然钟爱。到了播种的季节，他们还会走上几十里的山路，回村里种番薯。我的眼前仿佛浮现村民播种番薯的画面：他们弯着腰，把秧苗埋进土里，额头上汗津津的，有人路过，他们总会微笑问候，脸上的皱纹像波纹一圈圈荡漾开来。

时光飞逝，地处城西街道与浦江交界的这个小山村，随着村民响应政府异地奔小康的政策，村里几乎没人住了，但那一波乡愁早已驻扎在我的心里。那日，我又随婆婆和大姑姑、大姑丈来鲤鱼山。一下车，清新的空气扑鼻而来。虽是大雪节气，但冬日的阳光早已从山的那边升起，把温暖送给这寂静的小山村。村里出奇得安静，好像地球停止了转动。整个村只有几座房子还兀立在那儿，二爷爷家的桂花树在寒风与冬日的陪伴下，依然挺立着。记得每年鲤鱼山的桂花都要迟些时候才开放，二爷爷家的桂花树像一把绿绒大伞，夏天的时候，人们可以坐在树下乘凉。深秋的时候，桂花香飘四溢，整个小山村弥漫着桂花的芳香，令人陶醉！

鲤鱼山，我来了！你就这样静静地躺在大山的怀抱里，与世无争，你寂寞吗？望着远处的鲤鱼山，我的内心波涛汹涌，昔日热闹的景象像放电影一样在我脑海里闪过：清晨，村民们有的牵着老黄牛在田间劳作，有的背起锄头弯下腰在播种，有的挎着菜篮在菜地里摘菜。中午，村里的广播准时响起，村民又忙碌起来，有的在土灶上做饭、炒菜，家家户户的烟囱炊烟袅袅；有的忙碌着喂猪、喂鸡鸭。猪栏、鸡棚里发出嗷嗷嗷、咯咯咯的叫声，像欢快的二重奏。快天黑时，村民们吃过晚饭，有的摇着蒲扇在弄堂里闲聊，有的沿着村公路散散步。

鲤鱼山的天还是那样蓝，那几棵高大的苦槠直挺挺地立在那儿，不卑不屈，像是鲤鱼山的守护神，见证了山村的前世今生。未来，它也还会在这儿，不离不弃地守着这片土地。其实，我也该坦然，放下该放下的，不必如此难过。村民们远离这个连公交车都到不了的小山村，未尝不是一件好事，现在搬迁到环境宜人的龙山雅苑居住，算是过上了富足的生活，是应该真诚地感谢政府出台的政策。我隐隐作痛的心在这一刻也随之释然。

鲤鱼山村还有一处令人记忆深刻的地方，一直保持着自己原有的模样，就是季鸿业故居——双龙别墅。它由堂楼和左右厢房组成，呈"凹"字形的三合院，它已经承载了八十年春秋，像一位老者，静静伫立在这鲤鱼山中，正如他的主人，季鸿业一般，默默守候着这片土地。季鸿业是陈望道先生的女婿，也是我们的小舅公，听长辈们说，他为人豪爽，善交朋友。解放前，他担任义乌县抗日自卫总队第三大队大队长，为义乌解放做出了重要贡献。解放后，他先后担任过兰溪县县长、浦江县副县长、浙江省人民法院秘书、金华师范学校教研组组长、浙江省文史馆官员、义乌县政协第四至第六届常委等职。小舅公一路走来，用其对共产党的一片丹心，书写了一个共产党人为社会主义事业生命不息、奋斗不止的不平凡的人生轨迹。

房子的处处都留有小舅公的痕迹。擅长书法的小舅公亲笔题写了"双龙别墅"四个字，并找人刻到了青石上。每次来，我总会驻足脚步，细细观察这里的每一块砖、每一堵墙，眼前总会浮现出小舅公英勇的革命事迹。

二〇二〇年元月的一天，我和爱人再次回了趟老家，我们约定去走走曾经走过的地方。我不会忘记那个秋日的午后，我们沿着浦江方向慢慢地走着，不知不觉地来到了十八弯，那是我们第一次相约的地方。那里有一片葱茏翠绿的竹林，笔直的竹子高耸入云，秋风吹来，竹子情不自禁地摇曳起来，像是跳起优美的舞蹈。我们坐在边上的石阶上，呼吸清新的空气，听小鸟叽叽喳喳的欢唱。整整十五年了过去了，时间仿佛定格在昨天。啊！鲤鱼山，你就是我的家！

青春期的烦恼与醒悟

看大街上来来往往的年轻人，各个都青春靓丽，散发着活力，不管是穿着时尚还是朴素，不管是化了淡妆还是素颜，不管是扎马尾还是剪短发……我羡慕他们的个性和风流，或许，也各有各的烦恼，就像我读高中时一样，根本没有发现我青春期的奥秘。

那个晚上，儿子找我聊天，诉说他内心的烦恼。烦恼的原因主要是同学聊游戏的话题，他一点也不懂，插不上话，他觉得自己很孤单。还有，他开始羡慕同学穿好看的鞋，希望自己也可以拥有一双那样漂亮的鞋。他还补充说道："妈妈，我知道我不该向你提要求。"我点点头表示理解，并告诉儿子自己曾经也有这样的烦恼。儿子有些怀疑地看着我，拉着我的手请求我讲讲我读高中时的故事。

于是，思绪把我拉到一九九六年的九月。

当时，因家庭条件原因，父母亲不允许我住校，让我骑自行车每天走读。十六岁的我已经非常懂事，深知父母亲赚钱不易。母亲每天一大早就开始做童被，用缝纫机踩，常常做到深夜，一天大概赚30元。父亲在一家厂里上班，一天也就30元收入。我想走读就走读，每天来回又有什么关系呢！没想到因走读带来的烦恼是那样深深地伤害了我的自尊心，带给我无尽的自卑，让我难过得不想讲话。学校里唯一让我好过的是我的成绩，课堂上老师总投给我赞许的目光。一回家，我要么不说话，一说话就和母亲吵嘴。我的脾气这样古怪，是因为我受了委屈。

这件事因一辆自行车而起。我要走读，家里没有多余的自行车，母亲从远房表舅家借了一辆自行车，那辆自行车是表舅家多年不用的，弃在角落没人理。听母亲说，是一个年轻人到表舅家买烟时留下的，说回去取钱，结果，钱没拿来，车也不要了。表舅听说我走读需要一辆自行车，好意给我们家，省得我们借钱去买一辆，其实根本借不到钱。如果没有自行车，我将面临每天来回走二十里路的困境。

其实，那辆车已经破得不行了，钢圈大面积生锈，轮胎是漏气的，刹车也不灵。但父亲说，他会拿去修的，总比走路要好。开学前一天，我跟着父亲来到自行车修理铺，师傅是一位又高又胖的年轻人，脸上、手上没一处是干净的，连衣服都是脏兮兮的。他外号叫大胖，据说是修理自行车的能手。他爱开玩笑，脸上总笑眯眯，挺着个大肚子一边修理自行车，一边和客人交谈。终于轮到我们了，他指着这辆破自行车说，"谁骑这车？"父亲指着我说："给我女儿用，明天就要开学了，麻烦大胖师傅修好来。"大胖师傅故意眯着眼睛说："修不好了，这破车。"父亲是相信他的，一定能修好，而我却突然对他一点好感都没有了。大概过了个把小时，自行车终于修好了，大胖师傅骑上自行车绕了一圈，把车交给了父亲。

第二天我骑着自行车去上学，来到学校我呆住了，同学们的自行车都是崭新的，不是粉红"菲利普"，就是大红"安琪儿"，我的这辆黑色旧自行车停在它们边上是那样格格不入。我顿时有点懊恼，但想想自己的家庭条件也就坦然了。在新学校，认识那么多新同学，还是挺开心的，特别是有一位同学她也走读，和我是邻村，也就是说，以后每天上下学路上有伴了。那天放学回家的路上，经过大胖师傅的修车铺，我和他本不熟，但他竟来取笑我："哎呦呦，骑这么破的自行车！"我的脸瞬间红到了耳根子，被大胖师傅取笑，真是气不打一处来，可我又不会还嘴，只好红着脸从他身旁经过。

但谁也没想到，这样的取笑竟成了我的家常便饭。因为我每天上下学都要经过大胖师傅的修车铺，而他也恰好几乎每天都能看到我放学，然后笑着来说我几句。偶尔我经过时，要是他低着头在修车没发现我，我真是阿弥陀佛谢天谢地逃过一劫。大胖师傅的取笑深深伤害了我的自尊心，我跳不出大胖师傅取笑我时的眼神，逃不了不骑这辆自行车的处境。太阳躲进了云层，天空也变得灰蒙蒙了，那段时间我真的难受得快要窒息了。

我告诉母亲我的烦恼，但是母亲反而劝我不要太在意别人的闲话，大胖师傅就喜欢开玩笑而已。接着，母亲也给我讲起她儿时的烦恼，吃不饱，穿不暖……相比之下，我的烦恼竟不算烦恼了。我开始变得勇敢起来，当我再次经过大胖师傅的修车铺时，我故意慢慢骑自行车。

快毕业了，姐姐要给我买一辆新的自行车，我竟有些舍不得那辆旧自行车。当我骑着崭新的"菲律普"经过大胖师傅的身边，没想到他照样笑眯眯地和我说笑，"哇，姑娘，买新车了，喜新厌旧了！"我也终于明白了母亲说的话，大胖师傅就是喜欢说笑，没有恶意。

摆脱旧烦恼，又有新烦恼，爱美之心人皆有之。那个年龄，正是最在意外表和穿着的时候了，班里大部分同学是城里人，穿得艳丽；我们几个乡下女孩子穿得朴素，常常羡慕她们。我们也多么想拥有许多漂亮的衣服啊！后来我们一心扑在学习上，有时间就去琴房练琴或找个清静地看书。老师常常在同学面前夸我们学习认真，成绩好。渐渐地，我把烦恼给忘了。

儿子听了我的话后，不禁感慨："妈妈，原来你读书的时候也有这么多烦恼！"

"是啊，其实烦恼无处不在，每个年龄阶段都会有，要看自己怎么去处理。"我笑着对儿子说，"现在回想起来，我真的不知道曾经也有属于自己的美丽与快乐，只是太过于沉浸在烦恼里了。"

"妈妈，我懂了，要用乐观的心态去面对烦恼，更要珍惜现在所拥有的！"儿子的眼睛里散发着光芒，"过去的，就让他过去吧，别管那是一个嘲讽还是玩笑……"儿子唱着《少年》那首歌，似乎已忘记眼前的烦恼了。

成长中的烦恼是一种经历，也是一笔生活财富，多年以后，你一定会觉得，成长中的烦恼原来并不算烦恼，成长中也有许多的美丽与快乐。那么，现在逝去的青春算不算烦恼呢，我想同样应该不算，因为每个人都有曾经属于自己的美丽。

母亲的缝纫机

　　我的母亲是一位很出色的缝纫工，不仅衣服做得好看，还懂得如何养护缝纫机，像爱孩子一样爱着它。别看这缝纫机在我家近四十年了，但崭新崭新的，像刚买来的一样。我小时候过年的新衣服都是母亲自己做的，那时我在同龄人面前很有优越感，就是因为母亲设计的衣服是独一无二的。每到过年，我穿着新衣服穿梭在人群中，那棉袄的大翻领像荷叶一样圆圆的，下摆穿插几个褶皱，镶上一条亮闪闪的金边，十分时尚！常常引来大人的啧啧称赞，夸我母亲衣服做得漂亮；也引得小伙伴投来羡慕的眼神，好像在说："哇，她的新衣服真好看！"

　　随着时间的推移，社会的发展，母亲基本不用再做衣服了，但每次回老家，我总还能听到缝纫机工作的响声，那熟悉的"嗒嗒嗒"声，如动听的乐曲温暖了我的心窝，勾起我对幸福童年的回忆。

　　那年过年刚流行穿滑雪衣，母亲买来弹力絮和大红颜色的雪纺面料，要为我做件滑雪衣。那是母亲第一次做滑雪衣，因白天忙着做家务，母亲只好常常在夜里加班，她时而紧锁眉头画样思考，时而嘴角上扬露出微笑，时而点点头自言自语。她坐在缝纫机前，动作是那样娴熟，手脚搭配十分协调，像一位钢琴家在奏乐。我躺在床上，缝纫机的工作声伴着我入眠是常有的事。梦里，我穿着火红的滑雪衣，牵着母亲的手到舅舅家拜年。舅舅家一片红火，门上贴着春联、屋檐下挂着灯笼、家里还贴着喜庆的年画哩……舅舅指着我的滑雪衣，直夸漂亮！我乐了，母亲更乐了。

第二天醒来，我揉揉惺忪的眼睛，只见眼前一片红火，我的滑雪衣已经做好了，正挂在床前呢！我兴奋不已，一骨碌跳下床，快速穿起滑雪衣，轻轻地摸着滑雪衣的面料，像是欣赏一件稀罕的宝贝，穿在身上又轻又暖，一阵暖意袭遍全身，我仿佛踩在云里，跟随云儿飘起来了。那个年，人群里总有一朵快乐的红云穿梭其中，飘来飘去。

现在，母亲还是会常常坐在缝纫机前，修补修补衣服和裤子，偶尔做一些围裙、袖套、布袋之类的生活用品送给我。

上次回老家，母亲要送我两套四件套的床上用品，她从衣柜里拿出做好的被套、被单、枕头套，欣喜地对我说："你哥哥留下来的那批布料质量特别好，花纹、图案又好看，这次终于派上用场了，我给每个舅舅家也都做了一套，这两套送给你。"母亲说话的时候眼睛里泛着光，是开心、是满足、更是自豪，脸上的皱纹像涟漪一圈一圈荡漾着。我竟忘记是什么时候，皱纹无情地爬上了母亲清秀的面容。看到她开心的样子，我赶紧接过她送我的礼物，细细地欣赏手中沉甸甸的礼物。这的确是一块好布料，挺厚实；花纹图案也的确好看，天蓝底的布料上是一朵朵刚刚在枝头绽放的玉兰花，白的如玉，粉的似霞；那密密的针脚均匀地铺在被套上、被单上、枕头套上。"啧啧啧，啧啧啧，这布料、这做工，商场上根本买不到这样的质量。"我连声称赞。母亲像孩子一样笑得合不拢嘴，连连摆手，谦虚地说，只要我喜欢就好。

又快过年了，那天晚上，我把旧的床上用品换下来，准备换上母亲送我的四件套。我打开床单，突然闻到了淡淡的花香，天蓝底的布料上，一朵朵玉兰花绽放得更美了，我知道，这里头有母亲的气息，饱含着一位平凡母亲给孩子最不平凡的爱。我的眼睛渐渐湿润了，仿佛看到，深夜里母亲坐在缝纫机前工作的样子，她的动作是那样娴熟，手脚配合是那样协调，一阵又一阵的嗒嗒嗒声是那样清脆而动听。

晚上，我做了一个梦，梦见母亲拉着我的双手在蓝天里遨游……

好一段甜蜜时光

在母亲的眼里，孩子永远是孩子，哪怕你参加工作了还是成家立业了。这段时间，我因身体原因，由母亲照顾着。重回母亲温暖的怀抱，让我每天体验着浓浓的母爱。

早上，母亲总是给我做核桃荷包蛋。我孩子出生的时候，母亲曾做给我吃过，是我最爱吃的。水开了，先敲上鸡蛋或鸭蛋，等荷包蛋快熟了，再倒上已磨碎了的核桃，吃到嘴里是那样香，且总也吃不厌。母亲看我喜欢吃，就特别开心。她说："如果是鸭蛋，她就放红糖，因为鸭蛋是凉的；如果是鸡蛋，她就放冰糖，因为鸡蛋是热的。"一顿早餐，母亲做得如此用心，我感动至极，等她不在的时候，我就一个人悄悄落泪。

一天里，她问我最多的话就是你喜欢吃什么，她变着法给我做好吃的。"老鸭煲""糖醋小排""山药猪蹄汤"都是我最爱吃的。母亲不厌其烦地早早地去菜市场，买新鲜菜做给我吃。看着我的身体渐渐恢复，她紧锁的眉头也舒展了许多。

"往后你可要注意身体了，晚上要早睡，天天熬夜，身体熬坏了可咋办！"母亲握着我的手心疼地看着我。

"知道了，放心吧，以后我一定注意。"我安慰母亲来着。

母亲照顾我的这段时间，让我时不时地想到小时候最盼望生病的情景。因为只有在生病的时候，母亲才会放下手中的活儿来陪伴我，给我讲故事、做好吃的。她是那样慈爱，以致我常常忘了生病带来的身体不适，而沉浸在喜悦里。

小时候，我体质差，常常发烧。那年夏天，我八岁，放学回来，脑袋像灌了铅似的沉重，一到家，就上楼倒在床上，迷迷糊糊地睡着了。母亲从外面干活回来，到了吃晚饭的时候，就开始找我，所有我能去的小伙伴家都找过了，没找到，她心急如焚。后来，不知怎的，母亲终于找到楼上来了。"快醒醒，你怎么睡着了？"隐隐约约，我听到了母亲的呼唤。"哎哟，这么烫，发烧了！"听着母亲担心的话语，我极力睁开眼睛，想说话，又说不出来。后来，母亲就背我去村里的诊所打吊瓶。整个过程，母亲是那样紧张，她一直看着我，责怪自己没有关心我。

第二天早上，烧退了，我睁开眼，想吃东西。母亲听到我想吃东西，眼里竟然闪出泪花。"你这孩子，终于有胃口了。"那天，我吃到了盼望已久的鲫鱼，鲜美的鱼汤浇在米饭里，我吃得津津有味。母亲还给我讲了《红楼梦》的故事，我最喜欢听林黛玉刚来贾府的那一段，母亲一边讲，还一边唱。"乳燕离却旧时窠，孤女投奔外祖母……"我百听不厌，幸福极了！

还有一回，我又发烧了，那时特别想吃雪糕，母亲竟跑了将近两里路，从七里买来了牛奶雪糕。我慢慢吮吸着冰冰甜甜又有牛奶香味的雪糕，头也不痛了，眼睛也亮起来了，小酒窝也露出来了。我觉得真神奇，发烧竟可以用牛奶雪糕解决。后来，母亲说，雪糕相当于冰块，是可以起到降温作用。

　　时间一晃三十多年了，我生病了，还是可以得到母亲的照顾，真的是我这一生的福分。"这是我刚挑来的蓝莓，快吃吧!"不知何时，母亲已推开门来到我的房间。春日的阳光正从窗玻璃照射进来，落在母亲的头上，那丝丝白发在阳光下更加醒目耀眼，母亲老了吗，我有些怀疑。"过几天，你要上班了，每天晚上如果要加班，一定不能超过九点。"母亲又开始叮嘱了。

　　晚上，我做了个梦，梦见母亲真的来接我下班了，就像当年来接我放学一样。她从我手上接过背包，牵着我的手走在柔和灯光下的校园路上……

瑶琳仙境

炎炎烈日，知了叫得欢，我的内心温暖而甜蜜。那日读吴冠中先生写的《父爱之舟》，读到"带了米在船上做饭，晚上就睡船上，这样就可以节省饭钱和旅店钱"的字眼，我的内心一阵触动，猛然想起当年母亲带我去瑶琳仙境游玩的情景。母亲是很省钱的，但是她并不是舍不得给我花钱。

那次旅行在我记忆中，是母亲第一次带我离开家乡。那年我十岁，也是在夏天。早晨，日光早已洒满了大地，树上的蝉正"知了""知了"地叫得欢。想到昨晚母亲答应带上我去城里的工厂里结算工资，我就起得特别早。当时农村的孩子一般都不去城里玩，能去城里玩相当于现在省外旅游。对于孩子来说不亚于过年穿新衣，吃饺子。我们来到厂里，正巧碰上厂里组织员工去桐庐瑶琳仙境游玩。母亲也算是厂里的老员工了，厂长非常爽快地同意母亲带上我参加这次旅行。

我们是坐大巴车去的，一路上有些颠簸，车上的人一直说笑不停，十分开心！现在想起来，旅行确实是让人放松的。说实话景点的样子我已经很模糊了，只记得洞内五光十色、怪石嶙峋。但母亲对我的爱至今挥之不去。事情是这样的：

到了目的地，我们连忙下了车，烈日当空，我们还没走多久，就大汗淋漓，十分口渴。商贩们拉着自行车，对着游客叫卖："棒冰，五毛钱一根的棒冰！"我望了望商贩，渴望能吃上一根甜甜冰冰的棒冰。母亲大概看出了我的心思，那里的棒冰太贵了，要五毛钱一根。母亲牵着我的手连续询问了几个商贩，想买到便宜的棒冰，但是价格似乎是统一的，没有更便宜的。我忘不了母亲用无限温柔的眼神看着我，答应回家后给我买十根冰棍儿。我年纪虽小，但知道父母亲挣钱不易，就故意说我不是很喜欢吃冰棍儿。

我们在景点里转悠了几圈后，母亲突然要给我买瑶琳仙境纪念牌，我有些纳闷，心想：母亲会舍得给我买吗？我对母亲说："不用了，要五毛钱一块呢！"但母亲说有纪念意义，非要给我买。我拿在手上，看了又看：一个金色桃形的牌子上刻画着云雾缭绕的山峰，上面写着"瑶琳仙境"。我的心里甭提有多开心！这五毛钱花得值，瞬间我对棒冰的渴望消失了。更让我意外的是母亲还给我买了一个粉红色照相机，里面有二十张"瑶琳仙境"的风景画，按一次，出现一张。我当场就兴奋得蹦呀、跳呀，心满意足地望向母亲，紧紧地牵起母亲的手。回家后，这个玩具在很长一段时间惹得村里小伙伴投来无数羡慕嫉妒的眼光，也足矣在很长一段时间让我高兴得晚上都睡不着……

这件事过去已有三十多年了，现在想起来，仿佛就在昨天。母亲对我的爱就像天上的星星一样，数不完、说不完。母亲，我的母亲，我又该如何来爱你？

岁月流逝，巧夺天工的瑶琳渐渐远去，最终模糊一片，而母爱在我远离母亲后反而越加清晰起来，母亲的爱就是我的"瑶琳仙境"，越往深处想越动人。

钻 戒

　　一早，老爸打来电话让我看看他微信上发我的图片。我挂掉电话，打开老爸的微信，一看，很是惊讶，这不是上半年四月份我丢失的钻戒吗？我看了又看，不敢相信这是真的。"老爸，这是我上次丢了的钻戒吗？""嗯嗯！"老爸笑着肯定地说，"你老妈找到的。""琳琳，我太高兴了！这枚钻戒还能找到。"老妈接过老爸的电话，激动得几乎哽咽。我以为自己在做梦，让老爸老妈把钻戒正面拍给我看。挂掉电话后，立马收到老爸发来的图片，看着钻戒正面的叶子图案和亮闪闪的钻石。我手舞足蹈，大声喊道："不是梦，不是梦。"随即，泪飞如雨。

　　时光穿梭回到今年四月份，我因身体欠佳，在老妈处疗养。那天半夜，迷迷糊糊的，突然觉得钻戒戴在手上，手指头特别紧，就脱下钻戒放在床边的小玻璃桌上。早上，老妈端来早饭，为了不让我下床，就把玻璃桌挪到离床更近的位置，搬桌子时只听到"叮"的一声。当时，老妈奇怪地问我，这是什么声音。我笑笑，摇摇头。

　　过了好一会儿，我才想起钻戒放在玻璃桌上的事，赶紧问老妈。老妈听了后，急忙仔仔细细地在房间里寻寻觅觅。她边找边想，钻戒如果放在玻璃桌上，那么掉下来，一定是掉在玻璃桌下的垃圾桶里了，可是垃圾已经被老爸拿去倒了。老妈喊来老爸，让他赶紧把那袋垃圾拿回来。老爸快速下楼，幸亏垃圾还在，老妈仔细地在垃圾袋里摸着、捏着，生怕钻戒裹在哪个垃圾里面。找了好一会儿，老妈确定垃圾袋里没有钻戒，只好又回房间搜寻。

"这枚钻戒是承标送你的订婚戒，无论如何都得找到。"老妈边找边自言自语，"会去哪里呢？"看到老妈那愧疚的样子，我就故作轻松地安慰她："没有就算了，以后再买。"内心却隐隐作痛。"再买的钻戒意义不同了。"老妈难过极了！看到老妈难过的样子，我反而觉得钻戒没那么重要了，再次劝她："妈，找不到，没事的，不要紧。"

一整天，老妈都待在房间里没出来。直到天黑，老妈彻底绝望了：这枚戒指会去哪里呢？真的像长了翅膀一样飞走了？还是老爸拿去倒垃圾的时候，钻戒滚落掉了？而老爸再次强调，他是把垃圾袋口绑紧拿去倒的。

时隔八个多月，这枚钻戒居然找到了，这是天意吗？这天，我打给老爸老妈三个电话，总以为这是梦。电话那头，老爸笑声朗朗："是真的，不是梦！"老爸还透露了我不知道的事，当时老妈怕我难过，趁我没在，竟把消毒柜撬开来找，只因消毒柜最下层有两个小洞，而消毒柜又紧挨着玻璃桌，怀疑滚到那个洞里去了。

看着照片里的钻戒，让我不由得想起承标当初带我去买钻戒的情景。2004年的年末，天气异常寒冷，承标那年的生意亏损厉害，但他执意要给我买订婚钻戒。"还是算了吧！别买了，我也不喜欢这些。""别的首饰就不买了，钻戒是必须要的。"承标的眼神和口气都很肯定,拉着我的手,直奔专卖店。

"你喜欢哪款,就选哪款?"承标拉着我的手,声音特别温柔。服务员笑脸相迎,一款一款帮我推荐。"那就选这款叶子图案吧,简单漂亮。"他毫不犹豫地从上衣里面的口袋拿出钱,快速地把钱数给服务员。我看着那沓钱,这是他当时仅有的积蓄。走出店门,一阵寒风吹来,天气更冷了。他帮我裹好围巾,拉着我的手让我坐进车里。恋爱的时光,每一寸都有惊喜。一晃十七年过去了,美好的记忆依然美好。

窗外栾树叶在寒风里沙沙作响,随即飘落。我看到了栾树叶潇洒地离去,它或许有留恋,但更多的是勇敢。我不禁想:人生的旅程,正如树的四季,得失只是一个过程。或许有失有得人生才丰满,失不必过悲,得亦不必大喜,得失间处之泰然,人生之要义矣!

2021 年 12 月 19 日

采桑葚

每年的四五月份是桑葚成熟的季节，初夏的暖风吹拂着，新生的桑叶翠绿欲滴，随风轻摇。桑叶下挂满了一颗颗三五成聚的桑葚，紫的、红的、青的，在风中微微颤动，很是诱人。

小时候，我喜欢采桑葚。只要不读书，或者父母不在家，我和小伙伴们就偷偷溜到桑叶地里采桑葚。不管天气多炎热，我们都会情不自禁地前往，那诱惑绝不亚于现在的孩子向往手机一样。一到目的地，我们就一头扎进桑叶地，像鱼儿跳进水里那般欢快，桑叶地里顿时发出窸窸窣窣的声音。我们猫着腰，快速地从这头跑到那头，搜寻桑葚的身影，往往需要搜寻几个来回，才会看到几颗青红的桑葚。我们像发现宝藏一样，睁大眼睛，除了惊喜还是惊喜，三下五除二，抓起桑葚就往嘴里塞。那味道，现在回忆起来，牙齿都发酸，但依旧很快乐。不吃到紫桑葚，我们是不会罢休的，继续搜寻，总能遇见藏得特别隐秘的紫桑葚。"快来摘，这里有紫桑葚！"每一次发现，我总是激动地大喊大叫。小伙伴们飞一般地包围过来。我们一边摘，一边吃。"好吃，真甜。"不一会儿，嘴唇就吃得紫嘟嘟的。"哈哈哈……"小伙伴们你看看我，我看看你，笑得肚子痛了还停不下来。

每次采桑葚，我总会带几颗回去给母亲吃，有时放在手心里，如果带多了，我就把桑葚放在上衣或裤子口袋。回到家才知道事情不妙，衣服、裤子的口袋已渗出紫嘟嘟的一片，母亲肯定是要责怪了。我只能硬着头皮喊："妈，快来吃桑葚。"母亲看到我的模样，总是铁着脸不高兴。"你看看，现在什么时候了，才想起回家！"母亲指着案几上的台钟，边数落边接过我手中的桑葚放进一个小搪瓷碗，"下次没有父母同意，可不许再去采桑葚，多不安全。"每次，母亲骂归骂，但责骂完后，她舍不得吃桑葚，还是会留给我吃。她还会给我讲故事，还会让我猜谜语，至今记得一个关于桑葚的谜面，"猜谜语、猜谜语，一口咬去红又红，杨梅、李子不准猜。"我绞尽脑汁，想了半天也猜不出，母亲问我吃什么嘴巴变紫嘟嘟了。我一愣，哦，原来谜底就是"桑葚"呀！我笑了，母亲也笑了。

从那时起，我就知道不能太贪玩，要比在外头干完农活的父母先回家，这样才能逃避责骂。但每次采桑葚还是常常忘记了时间。每当太阳下山，才知道时间晚了。这可怎么办？父母可能已经寻我半天了，却连个影儿都看不见，肯定又要生气。我烦恼：心里千方百计想抹掉吃桑葚的痕迹，无奈嘴里溢出的那抹紫红总归洗不掉。

有一回，母亲要摘桑叶喂蚕，答应带上我。来到桑叶地，起先，母亲教我怎么采桑叶，需要采哪部分。我跟在母亲身后，一片一片地采，十片一叠放到篮子里，偶尔看到桑葚，就采下来放到嘴里。一边采桑叶，一边吃桑葚，我看到母亲额头上的汗水和从桑叶缝隙射进来的阳光一样明亮，小心脏不禁被小鹿撞了一下。采完桑叶，母亲带着我到另一片桑叶地，拉着我的手一起搜寻紫桑葚，"桑舍幽幽掩碧丛，清风小径露芳容。参差红紫熟方好，一缕清甜心底溶"。最后，我心满意足地回到了家。

说来也真怪，长大了，一离开父母，离开故土，开启职业生涯，桑葚似乎成了农历四月的月份牌，不时地忆起和母亲采桑葚的点点滴滴，还会去买一小篮桑葚尝尝。买来的桑葚都是成熟的桑葚，甜甜的，没一点涩味，我反而像失去了一点什么，心中升起再也回不去的那种感觉。

一年蓬的记忆

　　从来不知道，普普通通的一年蓬也有这么美丽的时刻，说到底还是我忽略它了，原来我和它的缘分一直都在。

　　那日，去乡下吃晚饭。饭后，朋友提议去散步。我们沿着乡间小路往前走，路边尽是农民种的各种各样的蔬菜。红的可爱的番茄、青的细长的辣椒、紫的有光泽的茄子，还有水灵灵的黄瓜……

　　不知不觉，我们走到了小路的尽头，猛然间发现旁边的整丘田都是不起眼的小花，这不是小时候经常见到的"墙头草"吗？绿色的细长的花枝，错落有致，矮的如手掌，高的似胳膊。淡黄的花蕊，纯白细密的小花瓣，三朵、五朵挨在一起，像夜空里的繁星，数也数不清。我简直看呆了，站着看不够，索性就蹲下来看，情不自禁闭上眼睛，凑上鼻子去闻。"花香摇得人心醉，亦步亦趋诗意浓"，闻着淡淡的花香，我早已深深地陶醉其中……

　　望着整片的一年蓬，童年和小伙伴约在一起摘野花、扎花束、编花环的画面清晰地浮现在我的眼前。那时放学后，假期里，除了帮助父母干农活、做家务外，只要有点空闲，小伙伴们便不约而同地去小山坡摘映山红，或去田野里采一年蓬。村中、村旁的每一个角落都是我们的玩耍嬉戏的好去处。我、彩丽、芳芳、珍仙等小伙伴时常结伴而行，广袤的田野就是我们的乐园之一，留下了数不清的美好回忆。放学路上，我们只要看到几朵小花，就立刻弯下腰来，摘上几朵，花枝有长有短，互相搭配，用小皮圈一扎，就是一束花。小伙伴们手拿花束，伸直手臂，比一比谁扎的花束更漂亮？现在想起来，小时候我们已经在学习插花艺术了。我们常常不分胜负，要是玩不过瘾，接着玩。

"编花环怎么样？"彩丽的想法最多。

"好，好！就编花环。"大家拍手叫好。

拔上几株草，打起麻花辫，打好后，头尾打个结，再把一年蓬点缀上去，美丽的花环就做好了。我们戴上花环，转起圈圈，甭提有多开心了。夕阳西下，晚霞瞬间填满了天空，几道金光穿透云层，洒在远处的山峰上，绚烂如烟花。一群天真烂漫的女孩，狂奔于田野，没有忧虑、纯纯静静、开开心心！

等我回过神来，朋友已将编好一个花环递到我的手里。"戴上吧，你依旧是最美丽的女孩。"盛夏，正在绽放的一年蓬就是这样的自然之美，普通平凡，我永远记住它。

孩子的笑

　　孩子读高三了，学习十分紧张，可我依旧能看到他的笑。他笑起来真的很好看，眼睛里闪着光芒，嘴角微微上扬，还有一个小小的酒窝。他的笑容真的很有能量，不管我多累，心情多么糟糕，只要看到孩子的笑，烦恼瞬间就像破灭的肥皂泡一样消失得无影无踪。我心里的每个角落仿佛都有一束光，照亮我前行的路。

　　每到周六，我最盼望的事就是去学校接孩子。从上午开始就一直盼望，一边做家务活，一边想着我见到孩子的那一刻：孩子的眼里是笑的、脸庞是笑的，嘴巴也是笑的。最纯真的画面或许就是最灿烂的笑容。有人可能会说，都高三了，还用接吗？我只是想说，孩子并不是不会自己回来，而是我觉得接孩子是一件很有意义的事。随着孩子快要上大学，父母陪伴孩子的时间越来越少。所以我想在高三这一年再多给孩子一点陪伴，就像叶子依恋大树一样。我觉得我就是那片小小的叶子，而成长的儿子就像一棵大树，我可以离开他，但是我想和他在一起的时间久一点，再久一点。

　　终于来到下午的三点光景，我随意准备了一下，就和爱人匆匆出门接孩子去了。一路上的风景特别赏心悦目，秋色铺满了大地，路边是一棵棵、一排排的栾树，像长龙一眼望不到头；枝叶是那么繁茂秀丽，像一把把大绒伞，枝头的花团，有金黄的、金红的、淡绿的、粉红的、绯红的、酒红的、还有赭红的，多姿多彩，美如画卷。

此时的校门口早已人山人海，孩子们穿着统一的校服、背着书包、拉着行李箱有说有笑地走来，看到爸爸或妈妈远远招手，孩子的脚步就更大了，快乐地匆匆奔向他们的父母。我望着斑马线的那头，搜寻着那张熟悉的笑脸。一波一波的孩子从江东路的斑马线走过来，我心里摸索着以往的规律，孩子的出现应该在第二十波左右。快了，快到这个时候了，我在心里念着：来了！那个拉着春天绿行李箱的就是他！这次我要用镜头留住他的灿烂笑容。"齐齐，我在这儿。"孩子微笑着快步地向我走来，我拿起手机，点下拍照功能。孩子意识到我在拍他，笑得更欢了。"妈，就你来接吗？""不，还有爸爸，他在车上等我们呢。"

这样的画面一次又一次地重复，那一个个绿绿的夏天，黄黄的秋天，白白的冬天，还有暖暖的春天。很多很多的美好都定格在了江东路上学校门口的斑马线上，足够美好和温暖。

有时我在想，孩子能一直这样笑吗？难道他就没有不开心的时候吗？学习成绩一直平平，难道他就没有一点小焦虑吗？果不其然，那晚，我正忙着批改作业，孩子的电话来了："妈妈，我的心里有些烦躁，感觉这次月考发挥失常。""孩子，你把烦恼说出来，妈妈愿意听。"孩子说着说着，我听着听着，孩子的心情慢慢变好了。他明白了，消灭烦恼的好办法不是退缩，而是冲冲冲。最后，他开心地和我再见："妈妈，那我先挂了，我得赶紧去教室。"

周五下班，我正在赶回家的路上，孩子兴冲冲地打来电话："妈妈，这次运动会，我1000米跑步获奖了，我第一次感觉到什么是拼尽全力……"我能听出来孩子喜悦激动的心情，能感受到孩子这次的笑比以往任何一次都灿烂。有人说，流过汗水换来的奖是有灵魂的，而我只想说，流过汗水，受过挫折，你还能笑，那一定是最了不起的。

正如有位名人所说，"乌云后面依然是灿烂的晴天"。孩子多笑笑吧，笑着勇敢地迎接你的高三时刻。

四季里的风，能带走春日的飞花柳絮，秋日的枯枝败叶。可它永远带不走深印在我脑海里的孩子的笑。

父亲的脚步

在我的记忆里，父亲一直是很严厉的。他的眼睛炯炯有神，会发光，还会冒火，在生产队里很有威信，左邻右舍都听他的。他的脚力特别大，"哒哒哒哒"走起路来又快又响，如同电视里的武林高手遇到紧急的事快马加鞭地赶来。每次听到那熟悉的脚步声从后车门（小时候我们住在大四合院，有四个车门）由远而进，我就猜到是父亲回来了。每到晌午或天黑，我和哥哥、姐姐特别期盼能听到父亲的脚步声。父亲回来了，我们也就可以上桌吃饭了。

昨晚回老家参加哥哥的订婚宴，父母亲忙着应酬客人。我也和多年未见的姑姑、表姐聊家常。相聚的时间总是很短暂，到了八点半光景，大家都要起身告辞了。我和父母只是打过一个招呼，就要随着顺路车回家了。

今早，父亲电话里的一句话让我久久不能平静。他说："昨晚最高兴的事就是见到我的那一刻了。"听完这句话我既兴奋又难过，兴奋的是父亲的话那么温暖，给了我足够的优越感，让我骄傲的还如当年那个小公主；难过的是，父亲内心其实多么渴望我多去看望他，但他知道我工作忙，去不了。

都说父爱如山，父亲对我的爱严在表面，疼在心里。我小时候，父亲的生活担子是很重的。我家有六口人，母亲去服装厂上班，农田活基本靠父亲一个人。父亲每天起早贪黑，种茉莉花、种稻谷、嫁接桑树苗、种各种蔬菜……每天尽是忙不完的活。有时候干完活回到家又累又饿，还得自己做饭，但他从没有来责怪我们，吃完饭，默默地又去地里干活了。

我八岁那年，父亲带我去地里挖番薯。我的任务是把挖出来的番薯上的泥土摸干净。这活听起来轻松，做起来也不容易。父亲在前面挖番薯，我蹲在后面摸番薯，才一会儿腿脚就蹲麻了，如木头般不听使唤，难受得踩不到地。不一会儿，我的手指开始隐隐作痛。有些泥像胶水似的粘在番薯上，不用点力根本下不来，特粘。慢慢地我就跟不上父亲的节奏了。"快点，孩子，这么慢的动作怎么行？"父亲的语气特别严厉，我不敢回他的话，只能硬着头皮默不作声地继续干。太阳慢慢下山了，看着前面一小堆一小堆的番薯，心想：怎么办？今天怕是到天黑也回不了家了。父亲恐怕已看出了我的心思，就过来帮我了，他摸番薯的手法特别熟练，一摸，整块泥土就像碎了的粉末纷纷洒落，真神奇！父亲教我，摸番薯时，手力要集中，这样才摸得干净。我点点头，像是听懂了似的。回家的路上，我低着头在前面走，父亲竟然让我坐到他的手推车上。我一扫疲劳的愁云，坐在手推车上，如同插上翅膀，快乐得像只小鸟。看着西边的半个太阳落山，通红通红的，渲染了整个天空，一群大雁或许也是倦了，慢慢地往前飞去。

农忙季节，平台上晒了稻谷，母亲吩咐每隔两小时要用竹耙把谷子来回耙一耙，我明白母亲的意思，谷子早点晒干，就可以早点吃新米饭。到了下午两时许，我准备上平台耙谷子，当时上平台是要爬梯子的。我一梯一梯地爬着，突然脚一滑，本能的反应，双手赶紧抓住楼梯口的边缘。我大喊救命："快来人呀，快来救我！"屋外静悄悄的，"汪汪汪""喵喵喵"，这个时段，村里除了小猫、小狗，见不到一个人影，任凭我怎么叫，还是传来"汪汪汪""喵喵喵"。看着已经滑向靠墙一边的木梯，不管我怎么努力，还是够不着。手已开始变得无力，如抓不住，就要摔下来。怎么办？怎么办？谁能救我？我开始拼命地哭，那哭声震天动地。就在我快绝望的时候，一阵熟悉的声音传入耳膜"孩子，爸爸来了！""哒哒哒哒，哒哒哒哒"的重重的脚步，是父亲来了，我赶紧忍住哭声，紧张的心立刻平静下来。由远而近的脚步让我如同看到了夜空中的星星、缝隙中的阳光。"吱呀"的推门声，父亲跑进来一把把我抱下来，心疼地把我搂在怀里。望着父亲紧张的神情，听着父亲安慰的话语，我顿时破涕为笑。

现在父亲年纪大了，白发早已悄悄地爬上父亲的黑发里，他还是一如既往地和田地做伴。那片菜地有绿油油的白菜、红彤彤的番茄、紫莹莹的茄子、黄澄澄的玉米，是父亲勤劳最好的见证。他那重重的脚步，是对孩子用力的爱，永远印记在我心里。

三月，植树的时光

一年里，我最喜欢三月。三月是植树的季节，种下了树，也种下了金山银山。

父亲爱种树，我忘不了父亲带我去植树的时光。我虽说是女孩，但总喜欢拿小锄头，挖泥土，种小草、小花的。记得村后小山坡尽头有我家的一片地。每到三月，天气开始暖和起来，明媚的阳光，暖暖的，融融的。一大早，父亲从集市上买回树苗，带上我，去那片地里植树。

第一次种下的是橘子树。

"知道你们爱吃橘子，所以特地选了几株橘树苗。"父亲拿起锄头，眼里满是笑，一边挖坑，一边开心地对我说。没过一会儿，一个深深的坑就挖好了，父亲又快速地把树苗移到坑里，再拿起锄头把土填平。接下来就是浇水了，我跟着父亲拿着桶到山坡下的池塘里打水。父亲拎着满满的两桶水走得飞快，我快乐地紧跟在后面，因为我最喜欢浇水了，总觉得水一浇，树苗就会立刻长大。

种好了树，原来荒荒的地里瞬间有了生机，至今我还记得橘子树的模样：虽说个子不大，但叶子密密层层，嫩绿嫩绿的，似乎可以掐出水来。我仿佛看到橘子树长大了，开出了美丽的小花，是白色的。一阵微风吹来，橘子花的香味就飘得很远很远。

以后，每年的植树节，只要我在家，父亲都会带上我到这片地里种树，地里的果树也越来越多了。除了一大片橘子树外，父亲还种了一片桃树。慢慢的，果树越来越多，这片地就成了我家的果园。

果子丰收了，父亲也不是拿到集市上去卖，而是采下来分给邻里至亲。

后来，父亲又开始在房前屋后修整平地。每到三月，父亲就开始种些桂花，有金桂、银桂，每到秋天，桂花开了，香味飘得很远很远，似乎飘过五大洲四大洋。

父亲爱种树，他一辈子勤勤恳恳，守护在他那片热爱的土地上。小时候，植树的时光带给我的是无穷无尽的快乐；长大了，植树带给我的是一份沉甸甸的责任。

我参加工作了，成了一名小学老师。每到植树节，也总忘不了带上孩子去启学林种树。植树前，让孩子们把心愿写在彩纸上，折成幸运星，装进幸运瓶，把它埋在树底下。第一年种下一棵海棠树，第二年种下一棵樱桃树，第三年种下一棵枇杷树……这些树给三月的校园增添了盎然春意。我们还给果树挂上树牌，成立爱绿护绿小队，每天关心小树的成长。

每到果子收获的季节，我会带上孩子去采果子，看着一颗颗像红玛瑙一般的樱桃，孩子们开心极了！

今年的植树节即将来临，我决定带上孩子们去我的故乡植树。

"老师，你真会带我们去吗?"

"去，必须去。"

三月，植树的时光，永远是我和孩子们在春天里的约定。

重游塔山公园

　　浦江县俗称"小浦"，是我的故乡。在我童年的记忆里，小浦最有名的地方就是塔山公园。塔山公园地处县城东面，公园中心有一座塔叫龙德寺塔，又名龙峰塔，是浦江的地标建筑。塔高约 40 米，格外显眼。始建于北宋大中祥符丙辰（公元 1016 年），为七级六面砖木结构建筑。这次重游塔山公园，已时隔三十多年了，对于我来说，是满满的幸福的回忆……

　　癸卯年正月初十，姐姐邀请父母、弟、妹到她家做客。那日的天气非常好，气温接近 20 摄氏度，已有春天的感觉。午后，姐姐提议去塔山公园走走。"好啊，好啊！"我按捺不住激动的心情。毕竟塔山公园在我们这一代孩子的心中有很重的分量。父母带孩子去县城玩，首选塔山公园。老师带学生春游，首选还是塔山公园。塔山公园怎么会有如此的魅力呢？

　　走在城东路上，阳光暖暖地洒向大地。我的思绪早已回到童年时光。记忆中，塔山公园很好玩。我们愉快地穿梭于龙德寺塔内，从一个门进去，又从另一个门出来，常常以迅雷不及掩耳之势的速度玩起捉迷藏，像极了武侠小说里来去自如的高手。塔山公园里还可以买到好吃的零食。夏天，买雪糕吃；冬天，买麦芽糖吃。最让我怀念的还是父母亲带我们姐妹仨来塔山公园拍照。每次拍照，母亲都会给我打扮一番，或穿新衣，或戴漂亮头饰。现在回想起来，或许，我从小就爱美。

我们慢悠悠地走着，十分惬意。大概步行十来分钟，我们已来到曾经塔山公园售票的位置——北门。我和姐姐陪父母先愉快地在塔山公园匾牌前留个影。"要是哥哥现在能赶到，那该多好。"我心里有点小小的失落。

走进北门，映入眼帘的是一块块青石铺成的路面，稍远处也有鹅卵石铺成的路面。每隔几米就有几步台阶，台阶或多或少，或上或下。路的两旁是各种各样的树木，高的、矮的、粗的、细的，樟树仍旧郁郁葱葱，而梧桐树只剩光秃秃的枝干，有一番错落之美。一座座的凉亭上挂满红红的小灯笼，掩映在绿树丛中，游人们坐在亭里聊天说笑。

我每走一步，内心都是满满的幸福回忆，往事历历在目，记忆犹新。"等摘完这批茉莉花，就让母亲带你们去塔山公园玩。"那年夏天父亲是这样说的。我们期待着，盼望着，终于等来了这天。母亲带我们先去冷饮店吃冰过的甜牛奶，再配上蛋糕。那香味很纯正，这辈子都忘不了。在无比满足的情况下，再买了票走进塔山公园赏景拍照、嬉戏玩耍。童年的种种快乐，串成悠扬婉转的旋律，镌刻在我的内心深处。

走着，走着，不经意间，龙德寺塔已矗立在我的眼前。整座塔高大挺拔，尽管它经历了漫长岁月的风风雨雨，却依旧巍然耸立在我热爱的这片土地上。青灰色的塔砖密密层层，局部有些泛黄。层与层之间有边沿突出，并用砖叠出规则整齐的花纹图样镶嵌其中。"一、二、三、四、五、六、七。"我抬头再次数一数塔有几层。此刻的心情有如平静的池塘扔进小石子，泛起了涟漪，激动不已。

走进塔内，从塔底往上看，六边塔形从大到小，依次上升，结构规则整齐，真神奇啊！外头明媚的阳光从六个门洒下，塔内金碧辉煌，让人惊叹。据史料记载：龙德寺塔刚建成时，画栋飞檐，内设扶梯，可以登高远眺。每层檐下挂有风铃，疾风吹过，叮当作响。我仿佛登上了塔顶，"钉铃铃"的风铃声从耳旁飘过，内心不禁为古代劳动人民高超的建筑艺术而感到骄傲与自豪。

塔的旁边有一棵800多年历史的大樟树相伴。游人们三三两两坐在树下闲谈。大樟树犹如巴金笔下的"鸟的天堂"。枝干的数目不可计数，粗的、细的；枝干向旁、向上，像老人的拐杖，无限延伸，看不到尽头。在阳光的照耀下，每一片树叶都绿得发亮。离樟树不远处还有一棵古老的树，我们走近一看，原来是一棵有着900多年历史的苦槠树。树皮苍老斑驳，树干粗壮而挺拔。枝干繁茂，四下横生，莽莽苍苍。无论是樟树，还是苦槠，它们都是名副其实的古树，又像两位长寿老人，历经几百年的风风雨雨，始终保持着一种守望者的姿态，见证"小浦"的发展，让人敬畏和敬仰。

"前面就到我们小时候拍照的地方了。"姐姐指着前方的建筑物，有点小兴奋。

"你确定那地方还和原来一样？"我有点不相信。

"先过去看看就知道了。"我们加快了步伐，下了台阶，穿过一扇小门，来到曾经的塔山公园照相馆的位置。"你们该是站在那里拍的合影。"母亲指着那幢二层楼建筑前的位置，肯定地说。我回想起当年拍照的往事，因我要剪掉留了七年的长发，母亲怎么也不同意。无奈，我已下了决心。最后，母亲只好带上我和姐姐来这里拍照，用镜头定格我长发的可爱和美丽。此刻，我和姐姐站在三十年前站过的位置，让父亲给我俩拍照。

"哇，这里的景色太美了！"突然姐姐发现了塔的倒影。湖面上倒映着龙德寺塔、蓝天、白云、屋顶、曲桥……在阳光的照耀下，一切都格外明亮，像一幅名贵的水彩画。"爸、妈，快来这里拍照。"我也激动不已。他们手牵着手走过来，坐在大石头上，露出最自然的笑容。父母亲似乎年轻了许多。

走出大门，匾牌上写着"塔影园"，多有诗意的名字。我想以后要常来看看。

回到家，翻开老照片，除了我和姐姐的合影外，原来我和姐姐、哥哥也曾经两次在塔影前合影，"摄影师选的位置、拍照的技术真不错"！我不禁赞叹起当年的摄影来。

三十年前，父母带上我们来塔山公园寻找快乐。三十年后，我们陪伴父母继续在塔山公园寻找快乐。

快乐工作

开　学

不一样的春天，

不一样的你们。

从来没有哪个春天，

让我们如此期待！

从来没有哪个开学日，

让我们如此等待！

期待着，

等待着，

希望的校门一直在为你敞开。

小鸟在悄悄告诉你，

我在悄悄告诉你，

艳丽的蔷薇绽开了笑脸，

也望着你们每天来上学的方向。

老师一直在，

理想一直在，

起跑线一直在……

奔跑！前方就是激情似火的美景。

奔跑！前方就是硕果累累的秋天。

2020 年 4 月 17 日

瞻仰望道故居

　　陈望道故居坐落在义乌市城西街道分水塘村，那里四面环山，山水相依。因我所在的单位——夏演小学，与陈望道故居相距只有十五六里路，所以每年我都会去陈望道故居几次，有时是带着学生参加红色研学活动，聆听"望道故事"；有时是做向导，带几位朋友参观；更多的时候是一个人去走走，看看望道先生的生平事迹介绍，感受望道先生与人为善、勤奋好学、无私奉献的高尚品质，鞭策自己一定要好学上进。

　　如今的分水塘村，变化可真大，但不变的是空气依旧清新，而且红色气息更浓厚了。"坚守信仰，不忘初心；传承信仰，牢记使命"这16个大字，制作成隶书字阵，矗立在村口。自从第一期"望道信仰线"建成并被评为省红色旅游特色教育基地后，村里的访问者便络绎不绝。村民的收入不再靠耕作、卖柴。随着村里旅游业的发展，家家办起了民宿，开起了餐馆。静谧的村庄时时传来扩音器的讲解声，一批又一批新访客前来参观。

　　走进望道故居，最先映入眼帘的是院子里那棵杏树，那是望道先生生前最钟爱的树。每年五月，满树花开，院子里便清香缕缕。繁盛的枝叶在阳光的照耀下越发的耀眼，每一片树叶仿佛都有新生命在跳跃。斑驳的树影轻轻打在镌刻着时光痕迹的灰白墙壁上。这是一棵信（杏）仰之树，望道先生说过，他信仰共产主义终身不变，愿为共产主义事业贡献他的力量。再往里走，是一个四四方方的天井，天井里放着一口缸，缸里盛满了水，上面漂浮着圆形带个小切口的睡莲。我猜望道先生家里种睡莲也一定有个故事吧。因为莲既象征着高洁，宋代周敦颐创作的散文《爱莲说》里写到"出淤泥而不染，濯清涟而不妖"；又象征清廉；盖"青莲"者，谐音"清廉"也。莲的优良品质深深影响着在这片土地上成才的望道先生，并在他的身上得到了很好体现。分水塘文化礼堂外墙上展示了"清莲"望道的事迹，有"敢言敢担当""后门绝不开""不赚学生钱"等事迹，望道先生用实际行动体现他的正直与高尚，这样的行为怎能不令我感动呢？

　　走过天井，就来到望道故居的正厅，这里展示着"望道先生的生平事迹"，有大量的珍贵图片和文字资料，图文并茂展示了陈望道辉煌的一生。正中央是一个大的屏幕，上书"不忘初心，牢记使命"，两旁有国家领袖对《共产党宣言》一书的评价。看到陈列柜子里摆放着一本本泛黄的《共产党宣言》，我不禁想到望道先生蘸墨汁吃粽子的故事。我眼前仿佛出现了这样一幅画面：一个寒风刺骨的夜晚，年轻的陈望道在一间僻静的柴房里专心致志地译书，他时而静静地凝思；时而在原著上圈圈画画；时而露出一丝微笑……老母亲看在眼里，疼在心里，送来了粽子和红糖，给儿子补补，没想到陈望道用墨汁当红糖，还连声说道："够甜了，够甜了。"

到底是什么力量使望道先生这样全神贯注地译书，用墨汁当作红糖蘸着吃粽子还浑然不觉。我想：这是一种使命。梁启超说"男儿志兮天下事，但有进兮不有止"。陈望道先生怀抱着"教育救国""实业救国"的志向，潜心完成了《共产党宣言》的全部中文翻译，为中国革命引进了马克思主义的火种。

驻足望道故居，我的脚步久久不能移动，思绪飘得很远很远……

离开望道故居，正是薄暮渐起之时，院里杏树的枝条在微风里轻轻摆动。风从望道来，这风吹过了二十世纪、二十一世纪，一直吹到了今天，这风是甜的，真理的味道更是甜的。

管扫把的"校工"

中队干部述评会上一个叫杨子墨的男生发言很真实，他说，他的工作任务是负责管理并整理学校摆放扫把的区域，他的工作过程是每天早上监督每班值日生打扫完公共场地后按时把扫把拿回来时整齐地挂在指定的地方。发现有摆不好的扫把，他第一时间整理好。如果到了八点，他会检查扫把都归位了没有。如发现少了扫把，他就会去各个公共场地上去找一找，如有找回来的扫把，他就会记录下来是在哪个公共场地上发现的。第一次他就会找相应的班级和班干部沟通，希望他们班下次不要出现这种情况，如果第二次再发现这种情况，就要相应地扣五会班级分数。他的工作收获是愉悦感和成就感。

他还在总结性发言说道："我是一个不起眼的'小校工'，看到同学们每天把扫把摆放得整整齐齐，我就无比开心。如果我不能评为五星级优秀中队干部，请保留我这份工作，因为我热爱。"会场上顿时响起了雷鸣般的掌声，泪水也瞬间模糊了我的双眼。作为学校的大队辅导员，平时我会要求每一位中队干部、大队干部认真完成我交给他们的任务。如在工作上有困难，我也会第一时间指导队干部该如何去完成。杨子墨是文明中队的中队长，我是文明中队的语文老师，杨子墨是一个品学兼优的少先队员。每天早上，他拿着语文书或《经典诵读》守护在扫把区域，一边早读，一边坚守在他的岗位上。不论刮风下雨还是烈日炎炎，他从来不脱岗。

有一次，气温骤降。我在教室里带孩子们晨读。窗外，杨子墨正戴着帽子，手捧着书认真地晨读。他不时地关注教室里小伙伴晨读的动向，侧耳倾听我在晨读时说的话，我看了不忍心，就招招手让他回教室，他就摆摆手、摇摇头，指指手腕，意思是时间没到。我只好竖起大拇指，送他微笑。在升旗仪式国旗下荣誉时刻中，我特别表扬了杨子墨敬业的优秀品质。

学校设立了专门摆放扫把的区域。当时的考虑有两点，第一，让教室的卫生角更整洁，只允许留一把扫把和一个畚斗，当然也为了让学生少产生垃圾。第二，给学生一个德育教育的平台，培养他们讲文明、讲卫生习惯。一开始，我觉得这样设立挺好的，教室里的卫生角能时刻保持整洁，学校扫把区域也很干净整洁。不到三天，问题就出现了：有些扫把没有挂在粘钩上，东倒西歪的。当我弯下腰把扫把一把一把挂起来的时候，还发现一些粘钩上是空位，这些扫把哪去了？我悄悄观察了几天，原来有些学生把扫把藏在绿化带里，问其原因，孩子们说，第二天可以直接去公共场地，省点时间。没有把扫把挂在粘钩上又是什么原因呢？孩子们说来还挺有"理"，有的说，我明明挂上去了，它自己又掉下来了呗；有的说，怕上课迟到，来不及挂，就随意一丢。当然也有部分孩子主动认错，保证下次一定改正。

升旗仪式上，我针对以上问题做了总结，并提醒值日生改掉这些不良的习惯，用实际行动为校园增添一道文明亮丽的风景线。但是效果不明显！那道风景时而漂亮，时而糟糕；让我时而欣慰，时而烦恼。到底该怎么办？中队会上，我把问题抛出来，让队员们来想办法。杨子墨主动提出由他来监督，我想着暂时也没其他办法，就暂且由他管理吧！没想到，这件事他真坚持做下来了，而且做得很出色。现在，值日生都能主动把扫把整齐地挂在粘钩上，走的时候，还与杨子墨微笑着打招呼。每天早上，杨子墨总会按时到他的工作岗位上，他就是这样兢兢业业，特别让我感动。

这个冬天突然变得不再那么冷了，阳光洒下满地的金线，杨子墨正背对着我在整理扫把，那儿正是最阳光的地方。

红色种子开新花

　　峰清波绿分水塘，景色秀丽小山村——这就是哺育陈望道成长的故乡，现如今是省级文物保护单位、金华市爱国主义教育基地，是全市党员干部缅怀历史、提升素质、过组织生活的主阵地，也是少先队员红色研学的教育实践基地。我作为学校的少先队辅导员，多次带学生到陈望道故居参加红色研学实践活动。记得每次孩子们都是激动地去，高兴地回。因为走出学校，参加校外研学实践活动，极大地激发了孩子们的求知欲、探究欲，拓宽了孩子们的眼界，增长了见识。

　　二〇一八年开学初，学校接到了由义乌市委组织部和义乌市教育局联合主办、城西街道承办的纪录片《信仰力量　真理味道》的拍摄活动。记得当时王伟飚校长对我说："小张，这周末你可不能休息，要选几个孩子到陈望道故居参加纪录片的拍摄。"我欣然答应了。

　　到了现场，孩子们激动得不得了。在导演助理的安排下，孩子们换上了古色古香的拍摄服装，并一本正经地坐到座位上，等着"先生"来上课。因为我是老师，也为了节省拍摄的时间，所以上课之前，我负责把上课内容抄写到黑板上。"一年之中，曰春、曰夏、曰秋、曰冬，是为四季，天气各异……"我一边写，一边轻轻地读着，思绪早已飘得很远很远，当年望道先生是那样孜孜不倦地教村里的孩子认字、学知识。当"望道先生"穿着长布衫，带着小演员大声诵读时，我仿佛真的看到了当年那个意气风发，关心国家民族的少年陈望道。根据资料记载，那年，陈望道才十六岁。他渴望自己能学到更多的知识和本领用于强国兴邦。所以他认为，要使国家强盛起来，首先就要破除迷信和开发民智。于是他在义乌县城的绣湖书院求学一年后，毅然回到村里兴办村校，教育村童。

纪录片拍摄结束后，我还带着孩子参观了陈望道故居，一起了解陈望道爷爷的生平事迹。记得在回来的路上，孩子们你一言我一语，开心地交谈着，眼睛里露出喜悦的神情。我想：孩子们一定能感受到望道先生勤奋学习、为人清廉的优秀品质。

二〇一九年开学后，学校通过层层选拔，成立第一批红领巾"望道故居"讲解员。周末，最让我难以忘怀的是，带着他们前往陈望道故居为来往的游客讲述那段艰难却又充满希望的岁月。

当孩子们背上"小蜜蜂"，袖子上佩戴印有"红领巾志愿者"字样的红袖套，穿梭于这座红色革命基地，那是一道多么亮丽的风景线！当红领巾讲解员向游客介绍"99年前，《共产党宣言》的第一个中文全译本在义乌分水塘村诞生！习爷爷讲述的故事《真理的味道非常甜》就发生在这里……"我仿佛看到了孩子们眼睛里流露出自豪的神情，因为他们是红色城西小主人，是一群特殊的"红色文化追寻着"。

孩子们声情并茂、富有力量的讲解，一次又一次地推开了那扇红色历史的大门。让参观者真切地感受到信仰的力量——墨汁为什么那样甜？因为信仰是有味道的。

一个大冬天，外交部原部长李肇星爷爷来到了陈望道故居。记得当时红领巾"望道故居"讲解员非常开心地向李爷爷介绍分水塘村里的情况："分水塘村根据陈望道先生孙子陈晓帆的概念设计，2018年上半年先行启动'一街一居一房一馆'项目……""李爷爷，请往这边走。""李爷爷，这里就是柴屋了，当年望道先生就在这个简陋的柴屋里完成了第一本《共产党宣言》的中文全译本手稿……"孩子们讲得很认真，李爷爷也听得入了神，还时不时给孩子们送上掌声。

"你们有谁知道，陈望道的父亲是做什么工作的？"李爷爷一脸亲切地看着孩子们问道。"我知道，陈望道的父亲是做印染生意的。""陈望道的兄弟姐妹有几个？"李爷爷笑着继续问道。孩子们托着腮帮子思考了一会儿，又举起小手开心地边跳边说："有四个！"一路上，李爷爷问了孩子们好多问题。孩子们像出笼的小鸟快乐地围着李爷爷答个不停。当孩子们遇到不会的问题，李爷爷就耐心地告诉他们。

带学生到望道故居参加的活动真是数不胜数，我想孩子们的内心早已播下一颗红色的种子，也一定从望道先生的身上汲取了极大的精神力量。

"我们是共产主义接班人，继承革命先辈的光荣传统，爱祖国，爱人民，鲜艳的红领巾，飘扬在前胸……"每当离开陈望道故居时，孩子们都会唱响这首熟悉又充满力量的《中国少年先锋队队歌》。

家访，构建家校同心的世界

　　信赖，往往能创造最美好的境界。老师和家长
假如能建立相互信任的关系，对孩子的成长无疑是
大有帮助的；老师和学生能建立相互信任的关系，
那是一件多么幸福的事。而家访是促成教师与家长、
学生与老师相互信赖、共同构建家校同心世界的必
然选择。

——题记

　　"老师，你为什么要去我家家访呀?"小苗侧着头，嘟着
小嘴，奶声奶气地问我。

　　"当然是要把好消息告诉你爸爸妈妈。"我微笑着对他说。

　　"那欢迎老师来我家家访。"小苗说着就开心地跑开了。

　　小苗家是我一直想去的。之前想去，是因为这孩子上课
注意力不集中，写作业速度慢，家庭作业还经常没完成。后
来因各种原因，没去成。但是，这次又想去真的是因为这孩
子进步了，而且是突飞猛进。放学托管总是在第一时间把作
业拿来给我批改，而且他的字写得特别清楚。小苗的进步非
常明显，我特别开心，必须要向他的家长汇报一番。

　　那天的天气比较冷，在学校里吃过晚饭后，天就黑下来

了。班主任老师开着车带上我，汽车行驶在弯弯曲曲的小路上。此刻，我已忘记了白天的劳累和烦琐的工作，心里头一阵莫名的轻松。过了二十几分钟，我们来到小苗家所在的村口。班主任老师拨通家长的电话，告知家长我们已到村口的停车场。电话那头，小苗妈妈十分热情，让我们稍等，她马上过来接。

"老师好！辛苦了！"小苗妈妈拉着小苗的手老远和我们打招呼。"老师，你们终于来了！"小苗用一副呆萌的语调说道，"吃晚饭时我就一直在想，你们怎么还没来呀！"我笑着摸摸小苗的头，说道："走吧，去你家。"

来到小苗家，我向小苗妈妈详细汇报了小苗近段时间学习语文这门功课的具体情况，聊着聊着，突然就聊到小苗之前糟糕的表现。那天发生的一幕让我记忆犹新，也就是那天之后小苗开始认真完成作业了。这次我终于能面对面和小苗妈妈说说那天发生的让我和小苗都非常难忘的一幕：

那天，我改到小苗的作业，翻开他的作业本，只见一片空白。我忍住气，心想：这孩子好几次作业都没认真完成，今天一定要问个清楚。再改到他的另一个作业时，发现五道题也只做了两道。哎，这个小苗，怎么回事？

我走到孩子的面前，声音有点严厉，"小苗，你昨天的家庭作业又没完成，你已经出现了好几次这样的情况了，到底是怎么回事？"我郑重其事地问他，小苗却表现出一副无所谓的样子。他一边听我批评，一边做鬼脸。你们不知道他做的鬼脸有多可爱，一会儿挑眉，一会儿噘嘴，一会儿还瞪眼，加上手脚抖动的样子，以前我都忍不住笑，但今天我必须忍住。"快回答老师的问题，别这般淘气可以吗？"他用一副无辜的样子看着我，使我更加生气了："好了，给你三个选择，A.你来不及做，B.你不会做，C.其他原因，快点选，OK？"

"C.其他原因。"小苗终于开口说话了。"其他什么原因？"我提高了嗓门。"妈妈要带妹妹去看病，让我也跟着去。"小苗的情绪开始有波动了。"真的是这样吗？"我再次提高了嗓门。

"是的。""好，下次不许再犯作业不完成的错误。""好的。"整个过程，我的声音非常严厉，表情也非常严肃。小苗突然泪流满面。

当我说到小苗没完成作业的事时，小苗妈妈原本带着笑容的神情，突然变得沉重起来："老师，真的很不好意思，让你们费心了。"转身又对小苗说："你这么不认真，连作业都没按时完成，你太不应该了！"小苗在一旁突然也变得安静起来，低着头，默不作声。"小苗妈妈，你先别着急，我还没说完呢！现在小苗已经改正了这些缺点。"我连忙打圆场并继续回忆那天的情景：

就在那天下午放学托管的时候，小苗跑到我的面前，让我改他的作业。我一看到他的作业，很是惊讶，字写得工工整整，字的笔画也很规范。"哇，小苗，你的字写得那么清楚，太棒了！"我一边表扬他，一边在他的作业本上画上三颗五角星。小苗高兴地跑回座位上。过了没多久，小苗又跑过来说："老师，我又完成了一个作业。"我一看，简直惊呆了，字写得特别好，"小苗，老师要奖励你一个大大的拥抱。"我说完，就撑开双手，小苗一脸笑容地扑进我的怀里。我拍着他的背，鼓励他，希望他每天都要这样认真完成作业，他也答应我要好好学习。

小苗妈妈紧锁的眉头又慢慢地舒展开了，连声说道："谢谢老师，非常感谢！谢谢你们对小苗细心地教导。"小苗妈妈又接着说道，那天小苗回来就特别的开心，说老师表扬他了！到今天才知道，原来这里面饱含着老师对小苗浓浓的爱啊！难怪小苗说，他喜欢语文老师呢！我听了，自然十分欣慰。

当我们起身要回去的时候，小苗妈妈再一次和我们握手道谢，并说孩子交给我们，她真的很放心！看着小苗妈妈一脸的诚意和听着她暖心的话语，我真的觉得特别温暖，感谢家长对我们的信任，我们会更加教育好孩子。其实，每一个家长都希望自己的孩子学习成绩好，能得到老师的关爱，能健康快乐地成长！当汽车启动的那一刻，小苗还紧紧拉着我的手，不让我走。一阵寒风吹过，我的心里却涌起一股暖意……

每一个孩子都是一个天使，作为老师，一定要相信孩子的潜力，你信任他，给他一句赞赏，他给你一个惊喜；给他一个拥抱，他给你一个精彩；给他一个舞台，他给你一个奇迹……

信赖，往往创造最美好的境界！

冰雪天地，孩子们的乐园

那日清晨，北风依旧呼呼地吹，冬日的太阳已从东方升起，格外明媚。校园里的花草树木经过这场雪的洗礼，显得愈发翠绿、精神。校外的梦想走廊上，一群群孩子背着书包，兴高采烈地踏进校门。

"这场雪下得真厚啊！""妈妈带我去南山观看美丽的雪景。""这几天温度都零下 8 摄氏度了，屋檐下高挂着晶莹剔透的冰柱，真美啊！"孩子们七嘴八舌地议论着。看得出来，这场雪，孩子们对这次降温感到异常地激动与兴奋，丝毫看不出孩子们在这个寒冷的早晨冻得瑟瑟发抖的模样。

"丁零零……"第一节上课的铃声响起，当我走进班级的时候，孩子们正在交流这次停课期间发生的一些趣事，当然谈得最多的就是，堆雪人，打雪仗了。我在黑板上顺势写下"冰天雪地，孩子们的乐园"。"孩子们，这节课，我们就来说说下雪天你们的行动，如何呀？""好啊！"孩子们异口同声地答道。接下来，我根据停课前发的学习建议单里的第一条：收集和雪有关的成语、诗句、歌曲、典故以及下雪天，我的行动展开交流。

教室里顿时炸开了锅，孩子们自由组成小组展开"冰雪文化的学习"。何一杰同学专门制作了 PPT 向同学们分享这次她赏雪的照片，并配上优美的乐曲，随着幻灯片的放映，瞬间，教室里变得安静下来，孩子们静静地欣赏雪的世界，山上、田野，河边……银装素裹，粉妆玉砌，大自然一夜之间仿佛穿上了美丽的婚纱！陈阳凯同学给大家分享了水在零下8摄氏度的情况下怎么会结成冰的原理，同学们听了，忍不住发出啧啧的赞叹声。肖慧同学和大家分享了和妈妈一起堆雪人的快乐！

　　精彩继续，孩子们学习冰雪文化的热情愈发高涨，一些孩子早已迫不及待了，高喊着老师："老师，我要和大家分享与雪有关的诗句。"我摆摆手，示意大家先别急，"接下来就来一场与雪有关的诗句展示活动，比比哪组同学收集得多。"谁知话音刚落，陶思羽同学就开始吟诵了："窗含西岭千秋雪，门泊东吴万里船。"陶思羽刚吟诵完，龚雨婷赶紧接上："有梅无雪不精神，有雪无诗俗了人。日暮诗成天又雪，与梅并作十分春。"男生也不示弱，陈雨非落落大方地站起来，大声地朗读："千里黄云白日曛，北风吹雁雪纷纷。"孩子们快乐地学习着，已至下课铃响，大家还意犹未尽。

　　一堂课在孩子们的欢声笑语中结束了。"冰雪天地"不仅是孩子们玩的乐园，更是孩子们的学习乐园！

一个怕写作文的孩子的心声

　　我一直在思考一个问题：为什么学生怕写作文？想来想去，觉得问题不在学生，而在于作文的话题是否符合学生的内心需求，或取决于学生的生活经验、经历是否丰富，或者是老师的教学方法能否开启学生的灵感之门……

　　新学期的第一次作文课，我给学生定下的主题是"我是大自然中的一员"，根据前面几篇课文的范例《山中访友》《山雨》《草虫的村落》《索溪峪的野》，让孩子着重学习作者丰富的想象和独特的感受的写作方法。但是孩子们的想象力像是被魔咒套住了，无法施展想象的空间。我想：孩子平时出去玩的时候，只顾着怎么玩着高兴了，没有仔细去观察大自然的景物、更没有用独特的心灵去感受大自然的景物。所以用文字来表达我是"大自然中一员"很有困难。

　　当别的孩子在老师的引导下开始着手构思文章的结构，甚至有些孩子已经沙沙沙地写好一段文字。刘子明同学傻傻地坐在位置上，头埋得低低的。他这个状态可以维持一节课，任凭你怎么引导、怎么提示，他就是一个字都不肯写，与他交谈，他也不理你。我很想知道他内心的想法。就耐着性子与他攀谈："子明，这次习作你换个主题？"他抬起头看了我一眼，轻轻地说："什么主题？""就写你为什么怕作文，可好？"我微笑着，"把你怕的理由写出来，与老师分享。"他默默地点了点头。

中午吃完饭，我来到班级，子明已经把作文本放在我的讲桌上，我细细地读了起来。

> 我最害怕写作文，每当写作文的时候我都无从下手，此时我的心里就在想："时间过得真慢呀！什么时候才能下课？下课了就能摆脱这可怕的作文。"可时间偏偏过得那么慢，好像故意和我作对似的。

子明的语句通顺，特别最后一句"好像故意和我作对似的"写出了子明对作文的排斥。

我继续往下读：

> 记得有一次，张老师又布置写作文。记得当时张老师认真批改作业，我一个字没写。听到下课铃声，我把空白的作文本交上去，就被老师狠狠地批评了一顿。我很不服气，于是我便和老师吵了一架。直到夏老师把我妈妈叫过来，才平息了这场"战争"。
>
> 这样让我煎熬的习作课，我已记不清有多少回了。只要闭上眼睛，脑海里就浮现那一幕幕难过的往事。那次，班里静悄悄的，除了我，其他同学都在写作文。我绞尽脑汁憋不出一个字来。于是我心里又在想：什么时候才下课？下课了，老师就不得

不走，老师一走我就不用写作文了。真想快点远离这可怕的"恶魔"。可时间好像故意和我对着干，偏不下课。于是我轻轻地问我的同桌："现在几点了，几点下课？离下课还有多少时间？"同桌不耐烦地说："这才上课几分钟，抓紧写吧！"我心中大叫："什么！上课才几分钟！我以为快要下课了呢！"此时，在我的心里已经过了漫长的时间。于是我心中一直在想其他事，一节课不知不觉就过去了。

老师，我想对你说："我以后一定要好好学习，天天向上。"

写得多好，真人、真事。我内心禁不住表扬起子明。

第二天，我把这篇文章读给全班同学听，教室里静悄悄的，好想回到文章里曾经发生的一幕幕。同学们把最真诚的鼓励给子明。当我把批改好的作文本送到子明的手上，他不好意思地笑了。

我国著名教育家叶圣陶先生指出："写任何东西决定于认识和经验，有什么样的认识和经验，才能写出什么样的东西来。反之，没有表达认识的能力，同样也写不出好作文。"我相信孩子不是怕作文，而是有时候，他缺乏对作文主题的认识与经验。

读《孩子们与泪有关的故事》感想

　　"每个人都曾经因为某些事情而流泪，如比赛中获奖，读感人的故事，与同学吵架或遗失自己心爱的物品……把你最想讲述的有关流泪的故事写下来。"这次四年级语文期末独立作业的习作是围绕"眼泪"来写。主题非常贴近孩子们的实际生活，写起来应该有内容，有故事。我期待着孩子心中那一个个与"眼泪"有关的故事。

　　当五年级老师批阅完独立作业，把作业纸交到我们办公室时，我就迫不及待地翻开孩子们的习作。陶思羽的《那一次，我哭了》，写的是爸爸在开车途中与人吵架，把爸爸与对方争吵的过程，通过语言、神态、动作的描写，形象地刻画在我的眼前，也正是因为吵架事件她感到伤心、难过。孩子的愿望是世界上没有争吵，只有友善，没有泪水，只有欢笑。杨皓伟的《一滴真诚的眼泪》道出了他和小伙伴的纯真友谊，小伙伴因去邻村买胡图棒棒糖而失约了，在他懊恼、生气、责怪中，小伙伴如约而至，把两颗棒棒糖交到他手里，诉说与他相识的经过，让皓伟为之感动，泪水模糊了双眼……季芷娴的《你永远在》，写的是一只叫嫦娥的小狗，因车祸失去生命，为此她泪如雨下。在孩子的眼里，小狗叫嫦娥，是因为神仙不老不死，她希望小狗也能；因为神仙无忧无虑，她希望小狗也能……她想让小狗成为神仙。我读到了孩子的善良与纯真。

最让我刮目相看的是刘子明，一个讨厌作文的孩子，平时的日记、小练笔之类的作业他总不完成，每次我布置习作，别的孩子正奋笔疾书，他时而抓耳挠腮，时而沉默不语，时而皱起眉头……总之像热锅上的蚂蚁急得团团转，我也不知该如何去引导。在谈话中，我了解到他害怕习作。但这次他写的《我的乌龟》，内容感人，语句通顺。因他的疏忽，乌龟失去了生命，他内疚、他后悔、他伤心、他难过，他把自己关在房间里，任泪水浸湿枕头，他多么想那只小乌龟活过来呀！

刘子明这次怎么能写出这么优秀的文章呢？我有些不可思议，打电话和他进行了交谈。电话中，我先对他在写作方面进行了肯定与表扬。他在电话那头沉默着，感觉过了好一会儿，"张老师，谢谢您！"他终于开口了，"你还记得期末独立作业开始前对我的鼓励吗？你让我好好写，想到什么就写什么，所以，我就不那么害怕了。"听完子明的话，我很是欣慰。

继续翻看着孩子们写的那一个个与眼泪有关的故事，有为和妹妹抢零食而伤心不止的；有为考试没取得满意成绩而暗自伤心的；有为因获奖而激动得热泪盈眶的；有为失去亲人而伤心欲绝的……

孩子习作的经历是孩子生活的过程，作为一名语文老师，我们要去思考如何激发孩子们善于表达的内心世界。

2016 年 6 月 26 日

阅读需要展示

　　小学生应该是处在一个爱表现的状态，高段学生虽然开始懂得害羞，但是仍然需要表现，也爱表现。只要老师创设机会，孩子们一定兴奋得不得了。

　　我还记得，我班孩子在阅读节中出演课本剧《九色鹿》，在周一晨会出演课本剧《半截蜡烛》以及班队会上的阅读小故事分享等。回想孩子们在排练过程中的喜怒哀乐；回想他们穿着演出服在舞台上精彩纷呈地演绎；回想他们演绎过后的收获与乐趣……孩子快乐，我也就快乐。

　　那天我和孩子们说，"世界读书日"即将到了，你们能把最近读的《汤姆索亚历险记》排一个课本剧吗？想要参与的同学向班长报名吧！我话应刚落，孩子们的小手就举得老高，"我想参加！"有些孩子索性直接跑班长那儿报名去了。陈俊豪同学赶紧着手改编课本剧，并交给我修改。课余时间，这群孩子就抓紧排练。看着他们有模有样地排练，我期待他们的精彩表现。

　　第二天是周四，我正巧要去金华培训两天。我交代孩子们，一定要好好排练。争取下周一晨会上向全校同学展示。其实我的内心是忐忑的。我不在，这群孩子能认真练吗？我不把关，他们还能上舞台展示吗？他们在排练过程中会遇到什么困难呢？他们会不会想办法解决？诸多的不放心在我脑海里一一浮现。我也管不了那么多了，对孩子终归要放手的。

周五培训结束回到家已经四点半了，一位家长打我电话，询问我是不是把她孩子留在学校了。我马上猜到，他孩子肯定是因为排练剧本去某个同学家了。我和家长说明情况，让她不要着急。经过了解，原来真的是去翔翔家排练了，他们还没来得及告诉爸爸妈妈。

新的一周来了。走进班级的第一件事，我就让孩子们演给我瞧瞧。只见他们有模有样地排好队。主持人自信满满地开始报幕："敬爱的老师、亲爱的同学，我们是601中队的红领巾小书虫，今天我们给大家带来课本剧《汤姆索亚历险记》，首先有请各位小演员。"孩子们排好队一一上台做自我介绍。一个平时腼腆的小男生是这样介绍的："我是恩琦，我扮演汤姆。"说完还露出一个甜甜的微笑。演出正式开始，第一场，时间：礼拜二的黄昏；地点：圣彼得斯堡镇；人物：撒切尔太太；故事背景……

看着孩子们那样认真、投入到故事里，仿佛每个孩子就是小说里的某个人物，哪怕只是一个小角色，如：镇民甲，他们也乐在其中；哪怕只有一句台词，他们也尽可能地去演好。孩子们演出的只是教科书中一个精彩片段，但是通过演剧本，能激励孩子们进一步去阅读整本书。

阅读需要展示。正如我班孩子所说的那样："无法成功展示的阅读是空洞的。"

亦师亦友

　　"教师是太阳底下最光辉的职业。"我的理解是，教师不仅是先进文化的传播者，更是学生健康成长的引路人。教师在学生的心目中——亦师亦友。孩子做错事情的时候：上课不认真听讲，考试没考好，和同学发生矛盾等，教师不要一味地责罚，需弄清楚原因，再对症下药，或许会有令人满意的结果。孩子在做对事情的时候：上课积极回答问题、考试成绩不错、比赛获奖了等，教师就要加以赞美，鼓励孩子继续保持这样学习的热情，体验学习过程付出与收获的滋味，培养孩子的自信。[奥]阿尔弗雷德·阿德勒的著作《自卑与超越》让我越来越知道孩子幼小的心灵需要成人的呵护与保护。

　　小学是家庭的延肢。记忆中，孩子童年的生活——学校是占很大比例的。多年以后，当下生活不管过的是否顺心，对学校、老师、同学的记忆都会让人刻骨铭心、终生难忘。我想当下兴起开同学会的热潮，很大原因就是去追寻学生时代的快乐时光——母校情、师生情、同窗情。教师的地位、角色是充当孩子校园生活的引路人，你的健康的情感直接影响孩子的学习生活，保持他们积极向上、快乐向善的学习与生活态度。

　　"六年级品读栏目第二期又开始了，谁愿意分享自己的好文？谁愿意当朗读者？"每次有这样的机会，我都是公开征求孩子们的意见。教室里一开始沉闷着，毕竟是六年级的孩子，处在青春期发育的初始阶段，积极主动的孩子很少见。可能没有自信或许还有其他的担忧。过了几秒钟，孩子们开始纷纷推荐别的同学。

"老师，楼欣怡参加朗读吧！"

"老师，我不去，我一录音，就紧张。"楼欣怡面露难色，"以前王老师也让我录音，我没成功。"那声音显然没自信，害怕失败。

"欣怡，不试试，怎么知道？我相信你，一定能行！"欣怡这孩子上课善于思考问题，积极发言，我挺喜欢她的。

我把杨淇翔的作文打印好，让她回家练习朗读，心里已经做好打算，假如录音效果不理想，也要多点耐心，让她多试几次。

第二天，我让孩子来我办公室，交给她耳机，点开喜马拉雅app录音软件，告诉她操作的流程。一切准备停当，录音开始，"红船精神，铭记于心，我是朗读者楼欣怡……"我在旁边静静地听着，时间一分一秒地过去，正当我感觉朗读得还不错时，突然孩子的舌头像打了结似的，卡住了。

"老师，不好意思，我读错了。"

"没事，喝口水，再来一次。"看着孩子像犯了大错似的神情，我微笑着鼓励她。第二遍还是遇到同样的问题，句子读不流畅。第三遍、第四遍继续开始，虽然有点小瑕疵，但是总算还可以。我点开喜马拉雅，回放录音内容。看着孩子脸上喜滋滋的神情，我的内心也无比喜悦。"耶！"我俩互相击掌，祝贺成功。

"教师是太阳底下最光辉的职业"，看着孩子健康成长是我莫大的幸福！

和时间赛跑

一年之计在于春，一天之计在于晨。如果把晨读的时间有效地利用起来，既可以提高孩子们的朗读水平，还可以培养孩子们的习惯。早自习的半小时里，有的孩子在轻轻地早读、有的孩子在整理作业、有的孩子在和旁边同学窃窃私语……看着孩子们做事情的状态这样散漫，我决定和他们分享林清玄的散文《和时间赛跑》。

那天上语文课，铃声一响，我故意躲在教室的转弯处，透过玻璃窗看着教室里孩子们闹哄哄的样子，他们并没有因为上课铃声而安静下来。突然一位眼尖的孩子发现了我，大声喊道："老师来了，老师来了，快静下来。"我快步走进教室，孩子们坐得极端正，身子很挺，头微微仰着，等待着我的"发落"。教室里安静得只听到孩子们的呼吸声。"好了，大家也别紧张，我想和你们分享我小时候和时间的故事。"孩子们一听到我要给他们讲故事，心情顿时放松下来。

故事片段：

> 小时候我总觉得明天还有明天，时间是永远都用不完的。早晨，我开开心心地去上学，在校园里度过漫长的一天，放学时常常问母亲：时间怎么过

得那样慢？什么时候才能放暑假？什么时候你才带我去县城玩？什么时候才过年？母亲通常是一边干家务活，一边严肃地说："就知道放假、知道玩、知道过年，大人可是最怕过年。"那时听不懂母亲说的话。"我就喜欢过年，穿新衣、有压岁包，还有鸡鸭鱼肉好吃哩！"我边说，边做个鬼脸风似的跑出家门去玩了。那年我十岁，和你们一般大。

　　孩子们边听边笑。我让孩子们来说说笑的原因。有的孩子说："我也觉得时间过得很慢"；有的孩子说："我最喜欢放假"；有的孩子说："无聊的时候，时间过得特别慢。"……孩子们你一言我一语地交谈着。接着我和孩子们分享了林清玄写的散文《和时间赛跑》。孩子们听完后，纷纷表示也要和时间赛跑。我让孩子回家写自己和时间赛跑的故事，可以写准备怎么和时间赛跑。

　　第二天孩子们交来的作业让我眼前一亮，心里一暖。我摘录了以下几位孩子写的和时间赛跑的故事或感想。

　　小江：我的妈妈上早班去了，走之前再三嘱咐我，要把作业完成，而我因为贪玩，一直没有写。下午，妈妈回来了，我知道要完蛋了，等着妈妈揍。可她并没有打我，而是对我说："时间就像海绵里的水，只要愿意挤，总还是有的。如果你不愿意挤，那么最后将一事无成。"听了妈妈的话，我感到十分惭愧，脸上火辣辣的。我决定要珍惜时间，从生活中的一点一滴小事做起。

小彤：我要珍惜时间，我马上动笔开始写作业了，只见草稿纸上写得密密麻麻的。我写好了，第一个交给老师改，老师的红钩打在我的作业本上，更打在我的心里。"哦，全对了！"我一阵窃喜。拿着作业本往位置走去，赶紧准备写其他作业。

小楚：我又在空余时间练了练字，画了几幅画，接着我又放松了眼睛……一天下来，都不觉得无聊了；一天下来，把时间远远地甩在后面了。我想：难道是我跑赢了时间？

小浩：现在，我会马上起床，不再睡懒觉了。起床后也会用最快的速度刷牙、洗脸、吃早饭……这些事情以前我都要半个小时才能做完，现在我只要二十分钟就可以做完。

小欣：与时间赛跑并不是你跑得有多快，而是认真地用好生活中的每一分一秒，不放过任何一点时间，当然要休息的时候还是得休息的。

语文课上，我让孩子们在小组里分享自己和时间赛跑的故事，并让几位孩子上台分享。那节课，孩子们表现得特别积极：字写得特别好，作业都在规定的时间交齐了。我希望孩子们能一直和时间赛跑，养成良好的学习习惯。

这个冬天很温暖

下雪的冬天，我莫名地欢喜。我喜欢在下雪天里戴上帽子、围上围巾、戴上手套、穿上雨鞋去玩雪。如果刚好在校园里碰到下雪的天气，我一定要带上班里那群天真可爱的孩子一起疯狂地冲向操场，去看看那轻柔的、洁白的、有六个花瓣的雪花，它像白糖一样，甜透到我们的心田。

2020 年的第一场雪，说下就下了。"哇，下雪了！"我望向窗外，雪花不是很大片，但也是密密麻麻、纷纷扬扬，像无数的小精灵在空中舞蹈。这幸福来得也太突然了，我又惊又喜。惊的是我一点准备都没有，就好像你梦寐以求的礼物不经意间就出现在你面前；喜的是，我又可以带孩子们去玩雪了。

到了下午，雪花变大了，如鹅毛从天空中飘洒下来。我穿过三楼的文学长廊，快速地跑下楼，来到教室，"老师，我们好想去玩雪，你能带我们去吗？"孩子们的眼睛里流露出渴求又激动的神情。"OK，没问题！"我一边说，一边做了个同意的手势。"耶！"孩子们兴奋地尖叫起来，并快速地围拢到我的身边。我用手势示意他们戴上衣服上的帽子，衣服上没有帽子的就带上雨伞。随后我们就出发了。

漫步在雪花纷飞的校园中，孩子们兴奋得像一只只刚出笼的小鸟，叽叽喳喳得没完没了。看到雪，如同阔别已久的好友再相见，孩子们激情飞扬，笑靥如花，有的直接伸开双臂去拥抱，快乐得要跳舞；有的伸出双手接住落下的雪花，像捡到宝贝似的；有的直接仰起头，伸出舌头，想品尝雪的滋味……看到孩子们如此开心的模样，我特别的满足，校园里不仅是孩子们学习知识的地方，也是他们玩耍的乐园。

不知不觉，我们就来到操场上，我还没下令，孩子们就狂奔起来，从操场的一头跑向另一头，再从另一头又跑向那一头。他们欢呼着、追逐着、打闹着……银铃般的笑声在校园的上空回荡。我索性提议来个百米赛跑，孩子们连声答应。"各就各位，预备，跑！"我一声令下，孩子们用尽力气直向终点奔去。雪也下得更欢了，在空中舞动着各种姿势，或上或下，或快或慢，像成千上万只白色蝴蝶纷纷涌来，加入孩子们的队伍中。我望着眼前的这一幕，连忙打开手机拍下来。孩子们发现我用手机在拍他们，就摆起了各种各样的 Poss。我仿佛也回到了童年那段下雪的时光，老师带着我们去堆雪人。

我们弯下腰，红彤彤的小手努力地滚起雪球，越滚越大，越滚越开心，寒冷的冬天里，我们热情似火。在老师的帮助下，我们堆起了一个和我们一样大的雪人，再用黑炭当眼睛，用胡萝卜做鼻子，一个可爱的雪人就矗立在我们的眼前。那一整天，我们都很开心，不管哪一堂课，学习起来，劲头特别得足。

下雪的冬天，是孩子们最期待的，可以尽情地玩，释放天性，收获快乐。和孩子们在一起，这个冬天十分温暖！

快乐的冬天
402 杨思琦

悄悄的
在秋天的一个夜晚
我在心里埋下了冬天
记住是悄悄的
没有人发现

下雪啦
下雪啦
雪花欢快地飞舞着
这是冬姑娘送给大地的礼物

正在这时
校园中的孩子
完全没有压力
欢快地飞奔着
叽叽喳喳地聊天

或许
这就是快乐的冬天吧

快乐的冬天
402 徐华敏

冬天像燕子飞来那般快

天上飞满了雪花

雪花落在头发上

头发就白了

雪花落在草地上

草地上就会有珍珠一般的雨珠

雪花落在……

不一会儿

世界白茫茫一片

孩子们在那儿打雪仗、堆雪人

冬天里充满了欢声笑语

快乐的冬天
402 龚祎琦

秋姑娘已经走了

冰雪女王来到了世界

冰雪女王突然撒下雪花

让我们兴奋不已

嘻嘻哈哈

我们来到操场

开始尽情玩耍

嘻嘻哈哈

有的在追赶打闹

有的用手接雪观赏

还有的用舌头尝雪的味道

嘻嘻哈哈

快乐的冬天开始了

不能忘却的红色记忆

清明前夕，我带着夏演小学的少先队员代表参加城西街道信仰树宣讲团举办的红色印记寻初心活动。

我们先来到上溪镇和平村，走进村里，映入眼帘的是干净整洁的环境。水泥路直通村内，清澈的池塘，在阳光与春风的陪伴下，波光粼粼，小鸭在水里游来游去，嘎嘎嘎地叫着，好一幅和谐的画面！再往前走，就看到墙上画着各种各样的抗日题材的 3D 油画，动感又逼真，无论是长长的小巷还是宽敞的院落，都以传播红色文化为基调。望着眼前的红色风景，一股正能量悄然流进我的心田。

我们跟随和平村工作人员来到文化礼堂的二楼，墙上展示着党史文化，还有烈士的资料等。听工作人员介绍，这里曾是革命老根据地，也是著名的抗日第八大队诞生地，村内红色元素遍布，素有"小延安"之美誉。

随后，我们又来到塘西桥，这是一座有纪念意义的桥。1944 年 5 月 9 日，金萧支队第八大队对 40 多名抢掠回营的日军，发起塘西桥伏击战，就发生在这里。三年前，徐敢老师曾带我和少年文学分会的会员来过这里，我还给孩子们讲述塘西桥战斗的故事呢！

"张老师，你能和我们讲讲当时战斗的情景吗？"少先队员楼珞彤用期待的眼神望着我说。

"当然可以。"我的思绪早已飘到那个充满血雨腥风的,弥漫战争硝烟的年代。

"当时,日军携带两挺轻机枪,一挺重机枪,装备精良。在八大队大队长王平夷的指挥下,打了日军一个措手不及,只能躲进麦田顽抗。经5个多小时的持续战斗,我方毙敌20多人,缴获部分武器,战马1匹。"听到这里,孩子们情不自禁地鼓起了掌。

"同时,金萧支队的金德秀、吴典中、吴琳洪等6位战士英勇牺牲。"孩子们的神情瞬间变得凝重了。

我们又来到烈士墓前,"战斗结束了,而今,牺牲的先烈就静静地躺在这里。"故事讲完了,少先队员们高举队礼向烈士英雄致敬。

望着一块块墓碑,我不由自主地想起义乌的光荣革命斗争历史。早在1926年第一次国共合作时期,就有共产党员在义乌进行革命活动。1927年11月,在原前洪乡前洪村建立了第一个中共党支部。1928年10月正式建立中共义乌县委。自此至义乌解放,共产生24任中共县委书记。抗日战争爆发后,中共党组织在义乌先后创建了第八大队、坚勇大队等革命武装,开辟了广大的农村革命根据地,建立了人民民主政权,革命斗争先后持续22年,虽曾几度遭受挫折,但斗争从未停止。在中国共产党的领导下,义乌人民前仆后继、英勇奋战、浴血牺牲,为中国革命的胜利和新中国的诞生做出了重大贡献。

新时代,新征程,中国共产党走过了100年的光辉历程,但"走得再远，走到再光辉的未来，也不能忘记走过的过去，不能忘记为什么出发"。

铭记历史，奋勇前行！希望少先队员们，听党的话，跟党走，学习英模的崇高品德，传承红色基因，立志做共产主义事业的接班人。

快乐与挫折

　　某天在网站上浏览到一篇关于孩子抗挫折的文章，其中提到"越是快乐的孩子，抗挫折能力就越强"这个观点，我比较认同。想到班里的孩子，特别是那几个淘气包，作业"偷工减料"不说，你让他解释一下作业没完成的理由，他们可以编一千多个："忘带""留在奶奶家""写错本子"……脸上始终笑眯眯地看着你，希望你不要批评他。

　　一般情况下，我讲道理，他们连连点头。但久而久之，也忍不住发火。但是，不管你发怎样的火，他们从来不生气，把重写好的作业老老实实、清清楚楚地放在你讲台上。看似委屈地、低着头小声说道："老师，作业补起来了，你看行吗？"边说，边观察你的神色。"好了，这次就算通过，下次可不许不写作业了。"我严厉地看着他们，他们信誓旦旦地向你保证，以后肯定不会了。然后转身飞奔，脸上洋溢着快乐与喜悦。

　　旺旺、彬彬就是这样的孩子，学习成绩平平，但是在学校的每一天、每一刻都是无比快乐的。对于这些孩子，我时而宽容，时而严厉。记得有一次，我抽查背书，结果糟糕得很。不用说，这些淘气包肯定是不会背的，怎么办？学习原则肯定得有。我二话不说，在黑板上写下"半小时完成背诵", 紧接着, 我就黑着脸, 一言不发。

只见这些孩子捧起书, 开始认认真真地读起来。时而齐读、神情愉悦; 时而沉思、眨巴着眼睛; 时而向同学背诵、一本正经。

半小时很快就过去了, 抽查背诵再次开始, 轮到彬彬了, 他还没背几句, 就背不下去, 笑眯眯地看着你说: "老师, 能提醒一下吗?" "不行!" "那我再准备一下。" "可以。"这样连续几次, 有几个孩子还是不会背诵。

看着孩子们的眼神, 我读懂了他们的内心, 渴望老师能宽松一点。这时候如果老师不降低要求, 继续给学生施加压力, 学生的抗挫折力就开始表现了: 有的孩子继续读、记, 有些孩子就在磨时间、无所谓; 还有些孩子开始紧张、闷闷不乐。看得出来, 那些平时嘻嘻哈哈的淘气包(这里不包括那些快乐的、学习又认真的孩子), 他们的抗挫折能力相对强很多, 一遍又一遍地向你背, 直到通过为止, 继而又笑着、乐着……相反, 平时较内向的孩子, 这时候反而没有好的表现, 一般情况下, 他们是完不成任务的, 或者完成任务的时间相对更长。

我认为, 快乐是一种情绪, 同时也是一种能力。在平时教学中, 老师要积极引导孩子, 培养孩子的快乐意识, 让孩子在快乐成长的同时, 也能增强抗挫折能力。

特别是家长朋友, 如果想要知道孩子抗挫折能力有多强, 那么不妨看看孩子有多快乐。因为快乐的孩子总能够很快地从不良情绪的阴影中走出来, 总能够看到事情好的一面, 面对挫折, 总会想办法迈过这个坎儿。

犯错，敞开的成长之门

——读《教室里的正面管教》有感

　　北大教授陈平原说，如果你很久没有读书而且没有负罪感，说明你已经堕落了。我想说，如果你很久没有读书而且教学方法始终如一，说明你已经不受学生欢迎了。俗话说：活到老，学到老，作为教师更要不断地学习以提升自己的专业素养。静下心来教书，潜下心来育人，既要闻窗外事，更要做学生成长路上的引路人。人生之路上，悦读，不应缺席。

　　一个阳光洒满窗前的午后，我捧着[美]简·尼尔森、琳·洛特、斯蒂芬·格伦著的《教室里的正面管教》静静地读着，文章里写道："和善而坚定的领导者会让孩子们知道错误是学习的机会。"这值得每一个教育者学习与反思。我们每天和不同的孩子打交道，每个孩子每天可能犯着不一样的错误。我们该怎样去面对呢？我觉得犯错并不可怕，可怕的是不敢承认犯的错误。从小，或许每个人的潜意识里都害怕犯错，那么，犯错究竟有多可怕？不敢说，不敢承认，生怕挨骂、挨打，犯了错的孩子就像是小羊撞到老虎的怀里，心"砰砰砰"地跳个不停，眼睛一闭，羊落虎口了。生活中，许多家长或老师可能就充当着"老虎"的角色，孩子长时间处在紧张的环境里，又怎能健康成长呢？难道逃避果真是最好的办法吗？犯了错真的是不可饶恕的吗？究其背后原因，其实也没那么可怕。如何让孩子在犯错中对自己的行为承担责任并且感到骄傲，这或许是每一个教育者应该思考的问题。

我们这一代人，家里贫穷。小时候，摔破一只碗，都不敢告诉父母。原因只有一个，轻则骂，重则打，谁还敢和父母说真话呢？学习也是如此，一道题目一开始做错，老师觉得情有可原，但屡次犯相同的错误，老师就开始不理解了，觉得学生太笨、太粗心，但又没有帮其找到真正致错的原因：是不理解还是粗心还是另有原因？最美的教育最简单，作为老师，是需要有耐心的。

记得二年级的一次语文独立作业，有一道连线题，什么花是什么颜色的？全班只有一个孩子回答错误，油菜花变成紫的啦！这位老师很有耐心，轻轻地问他："你为什么会连错。"孩子望着其他同学的嘲笑的神情，感到无比紧张，几次想开口，都没有说出实情。老师再三鼓励他："没有关系，老师可以帮助你一起解决。"这位小男孩终于说出实情，原来父母一直忙于生意，生活上很少关注他，他没有看到过油菜花长什么样？事情的结局是，这位老师抽空带他去公园认识了许多花的种类，还上网收看油菜花到底长什么样，并在班级开展"花的种类你知多少"主题活动，让他在同伴面前有较好的表现机会，树立他的自信心。要是没有犯错，怎会有后面的精彩故事呢！

其实，隐藏错误，会使人封闭起来。被隐藏的错误是无法得到解决的，人们也无法从中学习。怎样来改变孩子对错误的扭曲观念呢？书中讲到的玩视频或电脑游戏的例子生动又贴切，因为当孩子们在玩游戏中犯了一个错误时，他们还愿意去再试一次，甚至十次、百次的，理由是视频游戏不会责骂或羞辱玩游戏的人，游戏的设置本身就是让孩子们不断尝试，并鼓励他们从过去的错误中学习。而孩子们也正是在一次次失败中汲取经验，不断尝试并搞清楚如何解决一个问题，最终尝到成功的滋味！所以，犯错并不惊讶与可怕！

　　如果我们把犯错可以使人进步的故事与孩子分享，让孩子真正理解可以通过犯错误来学习，那么每个孩子作为个体就不会介意为自己的错误承担责任了。这里我想说的是，孩子发生的无意识错误，恰恰是敞开成长的大门。记得我班的小楠同学个性要强，每次犯错后自我感觉良好，一次听写作业，小楠同学本来可以得 A 的，但由于书写不规范，得了 B。事后，他非常不服气，坚持说自己一直都是这样写的，不承认错误，听了以上分享的故事后，他愉快接受了老师指出的错误，并谦虚地说："要不然，我还一直蒙在鼓里呢！"在后来的学习过程中，小楠同学偶尔还会把字写错，但是他会及时纠正，慢慢地就把写字不规范的毛病改过来了。

　　比如说，我们有时为了试图掩盖自己的错误而使自己陷入困境，孩子或多或少有过这样的经历。老师可以举例让同学们讨论，如：小 A 同学不小心把小 B 同学的图书弄坏了，小 A 不承认是自己弄坏的，看着小 B 同学难过的样子，他又于心不忍，课也听不进去，内心煎熬着。让孩子们说一说，如果自己就是小 A 同学，你会怎么做？孩子们马上七嘴八舌地讨论开了，有的说："承认自己的错误。"有的说："向小 B 同学道歉。"还有的说："把小 B 同学的图书补起来。"接着进行情景模拟，孩子们发现，当一个人承认自己的错误，道歉并努力解决所造成的问题时，别人是多么容易原谅他。所以讲道理不如看道理，让孩子参与进来进行体验，效果非常好。

人无完人，金无足赤。世界上的每个人都不是十全十美的，都会不断犯错，只要他或她活着。生活中，告诉孩子犯错误是学习的大好机会，生活中不要怕犯错。当然作为老师，首先得自己转变观念，孩子一旦犯了错，我们要了解原因。陶行知先生说过："我以为好的先生不是教书，不是教学生，乃是教学生学。"犯错是孩子成长路上必须经历的，不管是学习上的错误还是生活上的错误，我们要有效利用孩子犯错的机会，让孩子反思错误背后的原因，争取不犯相同的错误，并且在不断纠错的过程中，培养孩子的责任心与自信心。

夏小永远的梦之地

我要走了，离开一个我待了十年的地方，一个像我的家一样的地方——夏演小学。所有的不舍都是因为早有心理准备而变得不再难受，只是顺其自然地接受一切。俗话都说离开是为了更好的相聚，我还能回来吗？

十年前的那个暑假，我内心坚定地选择来夏演小学工作。当时我的眼里只有夏小，耳旁只有夏小、心里无数次告诉自己夏小最好。家里过来，坐公交车直达夏小，孩子的学区也是夏小。

奔着诗和远方，我来到夏小。说实话，初到夏小，一切都很陌生。学校的左边是唯一热闹的地方，一条大概有500米长的街——夏桥街。两边的店面房都是做生意的：有服装店、水果店、餐饮店等。学校的其他三面是一眼望不到边的田野，农民伯伯种着各种各样的庄稼，绿油油的一片，着实养眼。

刚上班那会儿，对于很多事情我是不敢多问的，加上自己的性格内向，不会主动和同事交流。看着其他老师每天有说有笑的，熟悉地穿梭于校园的各个角落，让我很羡慕。而我的快乐是白天忙于教学和班级管理；晚上和同年级的两位老师一起在办公室备课、探讨教学和聊孩子们的表现。那年，我们一起进夏小的有六位老师，我和婷婷、筱琴教一年级。明亮的日光灯下，我们常常有说有笑，现在想起来，依旧温暖如初，真好！

时间流逝，一切都在变。熟悉的老师换学校了，陌生的老师来夏小了。每次看着要好的同事离开，我心里都特别伤感，好像世界空了，时间停止了、空气凝固了，让我透不过气来。新同事来了，年轻、漂亮、有活力，但也有内向的，如同当年的自己。我总会特别热情，主动和她们打招呼，问他们有没有需要帮忙的地方。

学生毕业了一波，又迎来一波。我的第一批学生已上高中了。今年又有一批参加中考的，现在教的这批孩子我已教了两年。每天进班级是我最开心的事。我除了和孩子交谈学习外，最多的话题就是生活趣事，激发他们对文学的热爱、对写作的热情。"一边学习，一边偷乐"，这是我说的话，也成了孩子们常常写到作文里的话。这批孩子有全面发展的楼珞彤，有文学天赋的杨思琦，有文质彬彬、成绩优异的龚楚琰，有天资聪颖、帅气十足的杨子墨，有初生牛犊不怕虎的楼子恒……每每想到他们，我就很幸福。

学校的环境因品质提升也变得越来越美：灰灰的水泥操场换成了红绿相间的塑胶操场，墨绿暗淡的普通铁橱窗变成了淡绿加白色边框的材质新颖的高级橱窗，小广场的舞台变得更大气了，还有绿绿的小草、茂盛的绿树、小朋友们手拉手玩耍的背景图。每一层的长廊都有了各自的主题，一楼是科技长廊，有中外科学家的事迹、有十大未来科技的展示、有科技节的活动剪影等。二楼是乡情长廊，有传统节日文化、有义乌名人的事迹展示、有义乌的演变历史等。三楼是文学长廊，有学生书写的古诗书法作品、有中外名著的介绍等。四楼是艺术长廊，有艺术名人的介绍、有美丽的山水画、有精致的手工作品等。另外还有党建长廊，一条讲述中国共产党从站起来、富起来到强起来的红色长廊。下课的时光，总有无数的孩子站在自己喜欢的长廊前百看不厌。

我自己也在变，从一个性格十分内向的普通班主任变成经常主持活动的少先队大队辅导员。每个星期的升旗仪式都要到国旗下发言，一次次和全体少先队员一起学习国家领导人给少先队员的回信内容。看到少先队员的不断成长，我倍有成就感。感谢夏小这个平台让我慢慢地成长起来。

唯一不变的是我对夏小的感情，陌生的时候喜欢她、欣赏她；熟悉的时候依旧喜欢她、欣赏她、甚至已经深深地爱上她。多少个夜晚，我关掉办公室的灯，兴奋得像个小孩，奔跑在楼梯上回宿舍。

我就要离开夏小，现在最想做的是，哪天起个早，再听听这里的鸟鸣声，哦不是鸟鸣，是一支欢快的交响曲。最想带走的是脑海里蔷薇与香樟树的记忆……

2021 年 7 月 22 日

窗外那枝绿柳

——读《星空下跳舞的女人》有感

一扇窗，放进阳光；一张桌，承起温暖；一本书，翻开过往；一杯茶，漫出芬芳……阅读的时光，总是快乐的，那书页翻动的沙沙声，为我打开了无数的窗。

一个午后，我又坐在窗前，随风飘动的碧绿柳枝不时好奇地投来望眼，陪我一起走近那个"星空下跳舞的女人"。滕肖澜的文笔质朴而生动，一如她笔下的诸葛老太——年轻时失去了儿子，中年时又失去了丈夫，但并没有改变她的乐观豁达，也不能抹去心中那份对丈夫、儿子的深爱。诸葛老太的墓碑后面有一行小字——"深爱着这个男人，还有这个孩子。为了他们，我选择努力活在这世上，活得更加洒脱，更加美丽。"明明是一句充满阳光的话语，却有莫名的悲伤顷刻袭遍全身、沉重的大山忽然压在心头，空气也近乎变成固体，我无法喘息、不能动弹，只剩下两行泪水在脸上肆意流淌。

我敬佩诸葛老太对生活的乐观豁达，欣赏她对生活品位的执着追求，更羡慕她对爱的现实表达。一位七十多岁的老太太面对着孩子夭折、丈夫离世，却依然笑着在夕阳下向前踽踽独行，这是怎样的哀痛者和幸福者！她的生活多姿多彩：可以混迹于年轻人坐在85度C的窗边，一边喝牛奶，一边看报纸；也可以独自在空荡荡的家中，一边品红酒，一边吃牛排。她或许经常孤独，但我想她绝不寂寞。我总觉得任何一个人面对命运无情的捉弄，会身心疲惫、心情失落，甚至会有放弃自己生命的可悲念头，但她没有。在心态年轻的她眼中，天上繁星就像调皮的孩子，不停地眨着眼睛，在黑绸缎似的天空中跳着舞，多美啊！一生挚爱的两个亲人离她而去，她没有倒下，而是更坚强地追求幸福的生活——她对他们的爱，就让自己快乐。既然所有的悼词只不过是念给活着的人听，何不身体力行让爱继续？想必天上那两颗注视着她的星，为此也笑着伴她前行。

现在很多年轻人稍有挫折，就怨天尤人、悲观绝望甚至有意轻生，生生是被这位诸葛老太给比了下去。前些天，朋友的儿子和同学冲突后情绪非常激动，产生了轻生的念头。学校建议上心理医生那儿看看，情绪稳定了再回学校。朋友说自己真是体会到什么叫焦头烂额——高三学生没法上课，对父母，对这个家庭意味着什么？偏偏这些焦急只能放在心里，表面上还要一个劲儿地安慰孩子。朋友语带哭腔，说儿子这样折腾使她身心俱疲。以前对孩子高考的指望，此刻都灰飞烟灭，只求这一年不哭不闹平安度过我想，他还没想到高考之后潜伏着更大的危机。动辄以死相逼、不管是逼人或是逼己，说到底，都是"不够爱"三个字而已。

在风中时卷时舒的柳条将身体探进了窗里，打断了我的思绪。论肢体的强度，柳不如人；论生命的韧度，恐怕很多人并不如柳啊！相比这个孩子对生命的高度轻视，我不得不敬佩诸葛老太对幸福的放眼而量——爱不是牺牲，而是学会珍惜和拥有。别等到失去后才苦苦追忆，趁现在创造美好回忆！忽然又想到，这样说来自己也应该是最幸福的人了，但之前却错把许多快乐变成了闹剧：抱怨每天快节奏的工作让自己没有了休闲游乐的空隙，而结束一天忙碌的工作回到家又为家里的凌乱不堪无人收拾生着闷气，接下来顺其自然为谁做家务和爱人吵上几句，为没有得到之前被应许的礼物而"拍案惊奇"……

其实，忙碌不也意味着是一种充实？你根本没空理会杂事、闲事，什么衣服漂亮，什么美食好吃，什么电影好看……充实忙碌也是一种快乐。心存有爱，幸福无处不在。下班晚了，走在小区黑漆漆的小径中，爱在家中已然亮起的灯和窗边眺望的人；敲开家门，爱在平淡的问候递来的热水刚端上的饭菜；累了困了，爱在悄然靠近的宽厚肩膀提醒休息的暖人话语……

我不要等到失去阳光后才在夜里跳舞，我要在这春日的午后做一枝飘拂的碧柳。

一个很"倔"的小暖男

"老师，你去换双球鞋吧，我怕你脚跑痛了。"小浩看我穿的是板鞋，就关心起我来。"没事，我可以的。"我边说边摆手示意。"老师，你就站在篮球架下，等我们抢到球，就传给你，你来投。"小浩还是有些担心我。看到小浩开心地在篮球场上跑来跑去，抢到球后的他总能机智地躲过对方的阻拦，还能准确地把球送到篮筐里。我一边鼓掌，一边喝彩。小浩的开心模样如小太阳般照射着我，温暖了我的内心。记得上个学期刚开学，小浩的厌学症十分严重，至今，我还心有余悸。

"老师，小浩闹别扭了，昨晚让他读英语，他不肯读，我说了句不要去读了，他就犟在那里不肯来读书。""老师，我们真的是一点办法也没有了，凶他吧，刚好在叛逆期，动不动就不上学；放任吧，这个人就废了；说他傻吧，一点也不傻，假如，真的傻，我也就认命了。"……早上七点左右，小浩妈妈给我发来短信。

那时，我和小浩也才相处了一个星期，从之前的班主任那里了解到，这孩子一点不爱学习，上课也不听，作业不做，成绩也不尽人意。所以，开学第一天我就重点关注小浩。他很爱笑，最大的优点就是普通话说得好，读课文还算流利，但上课注意力不集中，字也写不好，很多字会读，但写不出来。看到我，就笑笑。

那天下班后，我上门家访。在和家长交流中得知，从前，小浩其实是个小暖男，很爱妈妈，他的梦想是长大了带妈妈去环游世界。现在，面对叛逆的孩子，小浩妈妈的脸上多了一份心酸和苦楚。妈妈的繁忙，换来的是孩子内心的孤寂；手机也就成了孩子精神上的乐园。家中断网，断的是小浩与父母之间的亲情网。爸爸失信，失去的是孩子内心中坚强的后盾。从那以后，孩子像变了个人似的，对学习彻底失去了兴趣，成绩也一落千丈。

"我们一起想办法。"给家长一种精神上的激励。和家长交谈完后，我给孩子补了这几天没上的课文，还给他讲了几个动漫故事。听完，他哭了，显然内心已有所触动，但最终仍不肯来上学，显然内心并没有根本性的转变。

"三顾茅庐"后，小浩终于肯来上学了。可是心灵的挫伤并不是很快就能痊愈的，对手机的依赖也不是立刻就能摆脱的。他总是三天打鱼，两天晒网，有体育课那天来，没有体育课就不来，上课无精打采，真不知如何是好。家长和我反应，小浩觉得读书没意思，老师讲的课，他一点都听不进去，手机也还是每天要玩。如何提高小浩的学习兴趣和减少玩手机的时间。我想了又想，决定先从他的爱好入手。"小浩，你是很喜欢体育课吗？""嗯嗯，老师我喜欢打篮球。""那老师给你安排活动时间，但是你要天天来上学，能做到吗？""嗯嗯，他开心地点点头。"接着我关注他的课文朗读，激发他的学习自信心。早读课或语文课上，我会有意识地请他来读课文，读完后，有针对性地进行评价，表扬他读课文读得入情入境。孩子听了喜滋滋的。课余时间，我还会和小浩讲篮球明星姚明的故事，树立他向榜样学习的意识。我还和孩子的爸爸妈妈三个人建了一个微信群，以便随时交流与沟通，每当小浩有好的表现，我会第一时间反馈给他的爸爸妈妈。"小浩读课文获得了大家的掌声。""小浩在班级物品整理比赛中获一等奖了。""小浩的书写比以前清楚多了。"小浩爸爸妈妈看到孩子有进步打心眼里开心，"老师，那需要我们怎么配合？""周末你们一定要抽出时间陪陪孩子，带孩子亲近大自然或去图书馆看课外书。"我向家长提出建议。

有一回，小浩妈妈告诉我，孩子盼望周末能来学校骑车，问我有没有时间给他创造机会。我说没问题。我和小浩约定，只要他天天来上学，在家听爸爸妈妈的话，少玩手机，学习上有进步，我一定会满足他这个愿望。随后，我和小浩商量在家怎么合理分配时间，该做哪些事，做到劳逸结合。在充实的校园生活与父母倾尽全力的双重陪伴下，孩子内心的叛逆性和抵触情绪，渐渐消解了；对手机的依赖性也一天天在减少。足见激励与陪伴就是孩子内心中的精神养料。

我答应孩子的事也该兑现了。周日下午四点，我准时出现在校门口，小浩和同学们早已到了。"老师，老师……"他们欢呼着跑过来，把我紧紧抱住。我带着他们来到操场，和他们一起比赛骑自行车，好像重新回到了童年。小浩边骑，边尖叫，像出笼的小鸟快乐自在。两个小时一眨眼就过去了。那天我们聊到了学习，其中一位同学答应帮助小浩学习。小浩开心极了，眼里散发着兴奋的光芒。

在老师和家长的共同努力下，小浩每天坚持来上学，脸上也逐渐有了笑容。现在的小暖男仍带有那么一点点倔，却已像逢甘霖而破土而出的山笋，有了较强的求知欲和进取心，成了"化茧成蝶"的一面镜子，镜面上是一张阳光自信的面孔。见到他打篮球的模样，我知道，我相信他的凌云之志又萌发了——带母亲环游游全世界。课余时间，他开始爱上收集世界各地的地图，爱看电视上的地理频道。爸爸妈妈给他的零花钱也舍不得花了，缘何？原来他正在为践诺陪妈妈周游世界做准备呢！

"老师，现在小浩对手机的依赖不像以前那么严重了。""老师，您费心了，小浩的进步离不开您的努力与付出，我真的很感谢您。"小浩妈妈每隔一段时间就会给我发感谢的短信。我总是对她说，不用谢，这是我应该做的。看到小浩进步，我也很开心。

"最小的主任，最甜的差事"。班主任工作虽琐碎，我却沉溺其中。

一盒糖

　　老师捧起那盒糖，仔仔细细地观察着，长方形的纸盒上画着切开的红得诱人的草莓和几个咧着嘴笑的可爱的卡通人物，写着"仔仔棒糖"，源于 2003 的字样，一看童趣十足！盒盖是透明的、塑料的，里面整齐地摆放着一排排、一颗颗用彩纸包装的糖。

　　"老师，给我一颗糖呗！"

　　"不行，谁让你上课吃糖的！"

　　"就一颗，一颗行吗？"

　　"不行就是不行，糖没收了，就由我先替你保管着。"

　　此刻老师满脑子是这个叫墨墨的孩子的脸庞。墨墨爱笑，一笑就露出一个小酒窝和一口整齐的大白牙，十分阳光。去年九月开学，老师新接手了一个六年级毕业班，其中有个孩子叫墨墨。他长得高高壮壮的，梳着西洋发，一双大大的黑白分明的眼睛，穿着一套白 T 加藏青色短裤的校服。他很顽皮，常和另一个叫棋棋的男孩闹矛盾，每次老师批评他，他除了承认错误外还有一个特点就是爱笑。在老师和他交谈过程中得知，他是个单亲家庭的孩子，平时爸爸做生意特别忙，由爷爷奶奶照顾他。从此，老师深深地记住了他，尽可能地多给他一份关爱。

也不知男孩是什么时候开始爱上吃糖的。有时，老师上课走到他身旁，总能闻到一股淡淡的水果糖的香味，但又没发现什么异常。有次下课，老师在走廊外迎面遇见了墨墨，他刚好拿着棒棒糖含在嘴里。"哟，最近爱吃糖了呀！"墨墨不好意思地笑笑，就跑开了。老师告诉他，学习有进步的话，就把家里两大包喜糖送给他。墨墨开心地点点头表示同意，走起路来带风转圈，像一架开心的小风车！

那段时间，墨墨没有辜负老师对他的期望，每天早早地来到学校早读，课堂上爱举手发言了，作业也能按时完成。老师也没有食言，一次周末回家后，终于把两大包糖带来送给他。墨墨的眼里泛着光："老师，你对我可真好！"墨墨笑了，老师也笑了。

墨墨除了爱吃糖，还特别喜欢打篮球。篮球场上他运球来去自如，投球几乎百发百中，他简直就像会发光的星星，但每次又总能闹出点事。老师假装生气了，皱着眉，拉着脸，罚他两周不许吃糖。墨墨的眼里顿时多了份忧愁，好像在说："老师，事情不是你想的那样。"

一天早上，老师刚进教室，就看见墨墨拿着一盒糖向同学们炫耀着："你们看，这是仔仔棒糖，一盒有八十颗呢！"同学们围拢来目不转睛地盯着："好吃吗，墨墨，我让我妈也给我买一盒。"辰辰满脸羡慕。突然眼尖的骆骆看到老师站在门口，就大喊了一声："老师来了！"同学们像做了什么亏心事一般，瞬间散开了。当时老师也没有当着同学们的面没收这盒"仔仔棒糖"。

上语文课时，老师又突然闻到了那股熟悉的水果糖味。

老师不动声色，一边讲课，一边走到墨墨的座位旁，突然提了一个问题让墨墨站起来回答。问题不难，可墨墨却紧闭着嘴、低着头。老师就这样看着他，足足盯了一分钟。他抬起头来，眼里满是慌张的神情，脸红到了耳根子。教室里安静得要命，同学们似乎也明白了其中的一切。

"丁零零……"一声下课铃打破了僵局。

下课后，墨墨主动把"仔仔棒糖"上交了，老师黑着脸，一言不发。墨墨知道老师不开心。"老师，你把糖没收吧！"这盒糖就这样留在了老师的办公桌上。

到了毕业复习阶段，老师忙，学生也忙，老师不知道的是墨墨还惦记那盒糖。晚上，老师坐在办公室里批改作业，猛然发现那盒糖不见了。什么时候不见的，今天？昨天？还是前天？一定是墨墨拿走了，这孩子！老师心里想，没有她的允许，墨墨就把糖拿走，真是太不像话了。

第二天，老师遇上墨墨，直截了当地说："糖呢，去哪了？""糖一直放在办公桌上，不起作用，还不如吃到嘴里。"墨墨调皮地还嘴道。"你懂不懂没收的含义？没收了还可以这么自由地拿回去吗？"墨墨又开始笑了，他以为他的笑能化解老师肚子里的气，没想到，这回老师动真格了。"没有我的允许，就把糖拿走，你还是一个守信的孩子吗？"墨墨只好赶紧跑回教室，从书包里万般不舍地拿出那盒糖，把它放回老师的办公桌上。

时间过得真快，五月的栀子花已经绽放，栀子花香分外浓郁，弥漫在校园里，弥漫在老师和孩子们的心里。墨墨想：每年栀子花开，就意味着学生离毕业不远了。因为老师答应过他，等毕业了就把糖还给他。而那一天终于来到了，毕业联欢结束，老师把平时没收的小玩意儿、小说、仔仔棒糖等还给学生。孩子们高兴地领回属于自己的物品。

"老师，这盒糖送给你吧，我不带回去了。"墨墨执意要把这盒糖留下。

"老师不吃糖，还是你带回去吧。"

"老师，这糖挺甜的，就送给你！"墨墨说完又笑起来，露出那口整齐的大白牙，眼里依旧闪着光。

那晚，月亮特别皎洁明亮，老师捧着那盒糖，迎着初夏的风走在回宿舍的路上。那个淘气的少年毕业了，留给她的是一盒糖。

美
好
遇
见

最美好的遇见

　　人生路上如果注定有贵人的话，我想告诉全世界，我的贵人就是徐敢老师。他的鼓励总是那样有力量，让不自信的我，有往前冲的动力。"天上那么多云彩，谁也不知道哪片云彩会下雨，但是你一定是会下雨的那片云彩。"徐老师总是那样不厌其烦地鼓励我，让我的内心时时涌起温暖的感觉，似一股无形的力量在推着我前进。

　　时间倒回到二〇一六年那个秋天的午后，徐老师再次来到夏演小学，给参加文学讲座的孩子送上他的著作《我与文学》，同时在扉页上写下激励孩子们热爱文学的话，并签上他的名字。而我就这么幸运地遇见了他。

　　现在还清晰地记得当时的场景：我从班里上完课回来，看见接待室里坐着一位文质彬彬，看上去很有学问的老者。他穿着一件雪白的衬衫，戴着一副金丝边框的眼镜，正全神贯注埋头写话签名。他不就是徐敢老师吗？哎呀，他怎么来了？昨天不是已经来过了吗？我的内心激动不已，久久不能平静。今天，我非要认识他不可，可怎么去认识他呢？天生性格腼腆的我为找不到认识徐老师的理由而急得像热锅上的蚂蚁。

　　"星星"就在我眼前，勇敢一点，去追吧！我给自己暗自鼓劲。

"徐老师，您好！请喝茶。"我端着一杯热茶，来到徐老师面前，先做了自我介绍，并说出我很喜欢文学。"很好！热爱文学是一件好事，把你的作品拿来，我帮你看看。"徐老师亲切的话语使我的自信心增加了不少。

就这样我们算是认识了。那天徐老师带走我的《好一座鲤鱼山》《摔碗》《石鸣钟》等几篇散文离开了夏演小学。让我没想到的是，没过几天，我就收到了徐老师寄来的信，拆开信封一看，里面竟是徐老师给我修改好的散文，那些用红笔做的增加、删减等修改符号密密麻麻，特别醒目，我从头到尾一边又一遍地读着，内心早已波澜翻卷。徐老师是那样认真细心，标点的运用、词语的搭配、句子的修饰等，徐老师都一一指出来。我读着读着，反问自己：这就是我写的散文吗？我如获至宝，脸上藏不住微笑。经过徐老师的修改，文章的立意更深了，更有思想，更有禅意。徐老师还告诉我，好文章是修改出来的，并鼓励我继续写，还帮我推荐《好一座鲤鱼山》给《枣林》刊物的编辑。

鼓励是一剂良药，灵感也瞬间来了，我又写下《雪中游仙华山》《乌镇，我向往的地方》等散文，徐老师看了散文后，又是毫不吝啬地表扬，继续鼓励我向义乌商报投稿大出所料，凡经过徐老师辅导过的文章居然都发表了。至今记得《好一座鲤鱼山》发表时我的心情，这样的幸福不亚于一个孩子得到梦寐以求的礼物，特别是领到稿费的那一刻，像是小鸟在空中翱翔一样，无比快乐。

徐老师，你为什么愿意这样无私地帮助我，不求回报？为什么无论何时，你都愿意做我的第一读者？为什么你总是说我是有潜力的？……总之，在徐老师的鼓励下，我开始不管不顾，一味埋头写自己想写的事，改变以前的想法——写下来只给自己看，而是不断向外投稿。

要是哪天我想偷懒，徐老师就会正好发我微信，问：散文写了吗？时间是靠挤的。我白天上网课、排摸数据，晚上一有时间就泡在电脑前写散文，《追星》《一碗入心》《秋桂香否，知否，知否》《远去的春夏秋冬》《人间有味是清欢》《瞻仰望道故居》等百来篇散文，没有一篇不经过徐老师的修改。徐老师开始鼓励我向省外优秀刊物投稿。我也开始更加坚定信心，鼓起勇气。2020 年 7 月，我写的《瞻仰望道故居》终于发表在华东地区优秀期刊《大江南北》杂志上。

徐老师的鼓励渐渐让我明白，学生是需要夸的，不管用什么方式都可以。徐老师的言行给我的作文教学也提供了帮助与指导。校园里，我开始关注学生的喜好与日常生活，常常创设情境激发孩子写作兴趣，并不断鼓励。秋日，带他们赏桂花；冬日带他们玩雪；春日，一起放风筝；夏日，和孩子一起闻栀子花香。孩子们一边玩，一边习作，不亦乐乎！

徐老师不仅在文学上激励着我，工作上帮助我，生活上也像一位父亲一样关心着我。如果我表现出心情不好，工作压力大，他总会幽默地笑笑，对我说："只有走不完的路，没有翻不过去的山，你一定可以的。"从认识到现在，正因为有徐敢老师的鼓励，我变得积极向上，工作上全身心投入；生活上每天微笑面对压力。

时光日复一日，和徐老师认识有一千八百多个日子，因徐老师的鼓励，我更加地热爱文学。《与花相遇》《那片红杉林》《百合花开》《钻戒》《摘桑葚》，每篇散文都让我感到了生活的美好与惊喜。有人说，最美好的遇见是相互成全，而我想说，我的最美好的遇见是遇上了一位可亲可敬、时刻充满正能量的徐敢老师。

雪天游仙华山

浦江仙华山是国家 AAAA 级旅游景区。那里群山环绕，风景优美，空气清新，是人们游览的好去处。

昨夜下了一场雪，我沉思其中。平时看惯了阳光灿烂下的绿水青山，那雪中的仙华山又会是怎样一幅美丽的图画呢！此时此刻，我真想立刻去看看。

独自一人来到仙华山脚下，放眼望去，一夜之间，仙华山成了一个银装素裹的世界。

踩在厚厚的雪上，像踏在软绵绵的雪毯上沙沙作响，别有一番风味！冬姑娘没有忘记，在这新春之际，把它最珍贵的礼物送给大自然，送给人们，送给初春的时光。一场大雪撒下来，铺盖了漫山遍野，光山焕然，秃枝洁白，于是一个粉妆玉砌的世界便静悄悄地呈现在眼前。

远山凝白，琼枝玉树。一切都变得光洁、神圣。仙华山像穿上了洁白的婚纱，仿佛不沾半点尘瑕的美玉。在阳光的照耀下，显得更加明亮、动人。近处的奇石，突兀在群山中，显得高大、雄伟，像是大山的守护神。一阵冷风吹来，树上的雪花尽情地洒落，好像又下起了雪，雪花飘到我头上、脸上、身上、手上，感觉自己就是一位仙子置身在雪山之中，惬意极了！

心想：是否昔日的元修女重游下了凡界？纤纤玉手，扯罗织绢，为初春的故地披上了万千层轻绢薄纱？抑或是冬天依然垂青于仙华美景，而在此做出最后一次的紧紧拥别？

是大自然的杰作，还是元修姑娘的巧手编织？看那幅幅秃枝交错而成的图案。精美的、抽象的，华丽而又素雅，于天穹下具有性格似的闪烁灵光。那是对生命追求完美的坚持？还是将这生命上深刻了初春痕迹的隐情，微微地泄露？

是谁在昭灵宫前嬉戏游玩？是谁又在街云石阶上结伴而行？还有谁在那琼枝玉树间折桂攀蟾？噢！是游人，他们或三五成群，或情侣相伴。在仙境中迷游，在云梯中攀缘。如大山的子女，来分享它的欢乐，采集些许山的灵气。银装素裹中，增添了那点点的斑斓色彩。仙华山，于是也并不寂寞了。

看着纵横交错的云梯，路越来越难走了，难怪工作人员建议游客最好不要爬得太高了。可是美丽的雪景在召唤着大家，神圣的少女峰在召唤着大家。使我们精神抖擞地，艰难地一步一步爬着。

不知不觉中，来到仙华山顶——少女峰脚下。我犹豫着要不要往上登顶，因为少女峰极像天都峰，有着高、陡、险的特点，石级边上的铁链似乎是从天上挂下来的，再加上这下雪的天气。但是想想既然来了，就一定要登上去！我鼓足勇气，两手抓住铁链，一步一步向上攀登。终于登上了少女峰，看到了"一览天宇空"。特别是那洁白如玉的枝头，那内敛的生命色彩，眼看仿佛就要"噗哧"一声绽放，将冷面笑成了桃花。

下山的途中，路更难走了，很多游客是坐天然滑滑梯下来的。笑声、尖叫声，在仙华山谷久久回荡……

游雪中仙华山还是别有一番情趣！让人流连忘返！

2016 年 3 月 6 日

乌镇，我向往的地方

去看看美丽的古村——乌镇，我已盼了很久很久。这个酷暑炎炎的夏日，我终于等不住了，独自背上背包，坐上高铁，去实现心底深处那一抹自认为纯洁、美好的梦想。

高铁到达桐乡站的那一刻，心里有些小小的激动，哦！我终于来了，天空蔚蓝蔚蓝的，像一块硕大无比的蓝宝石，那几朵白云在阳光的衬托下，绽放着最美的姿态。站台边是绿油油的田野和大树，在阳光的照耀下，叶儿闪闪发光，让人有些睁不开眼睛，心里却泛起层层涟漪，那是幸福的感觉。远处那房顶上的四角亭似曾那么的熟悉，这一切的一切已然成为一幅美丽的画面，永远定格在我心里。

走出桐乡高铁站，心早已飞到了乌镇，汽车在宽阔的马路上飞驰着，这里没有一座小山坡，你想看多远就多远，心情也随之开阔起来。住的地是墨婉轩精品客栈，走进房间，那绿色的床、绿色的窗帘、绿色的贝壳状的洗手盆配上白色的被子、白色的纱窗、白色的柜子……在这夏意浓浓的时刻让你的心里有一丝丝凉意。带着一丝少许的疲惫，忽然有了些睡意。

夜幕终于降临了，我赶紧走出墨婉轩去看一看乌镇西栅景区那迷人的夜景。踩在窄小的石板路上，首先映入眼帘的是乌镇那灯火辉煌的大剧院，它矗立在湖水中央，被一湖碧水拥抱着，顶部由一虚一实两个椭圆结合而成，犹如一朵盛开在江南初夏的"并蒂莲"。听导游介绍，"并蒂莲"蕴含了喜庆、吉祥、蓬勃的寓意，让人忍不住用手机拍下这特别的美景！再往前走，前面有座石拱小桥，那柔和的灯光把小桥点缀得异常动人，和湖水交相辉映，让人不由得加快步伐，去追逐那份心中的向往。站在桥上，一阵微风拂过脸庞，看着河里那乌篷船慢慢摇来，河两边古老的房子上灯光七彩斑斓，忽闪忽闪，听着树上那知了的叫声，西栅的夜是迷人的！

沿着河岸继续前行，游客变得多起来，嬉笑声、喧哗声，交谈声……原来前面是一些卖乌镇特色小吃、工艺品的商店。游客们进进出出，脸上洋溢着快乐的微笑，老板们也是一脸的亲切，不厌其烦地解答有哪些特色小吃，如：白水鱼、臭豆腐、特色羊肉等以及当地工艺品的种类，有瓷器、花灯等。可爱的孩子们拿着一盏盏星形灯奔跑在古镇的小路上，甭提有多开心，相信在这里一定会留下他们童年难忘的回忆。西栅的夜是快乐的！

西栅的夜让人目不暇接，那闪烁的灯光让人有些眼花缭乱。不知不觉我来到酒吧区，每一家都有其特色的节目表演和符合它的装扮。那激情、豪放的歌声传入耳中。透过玻璃窗，那身材火辣，舞姿优美的俄罗斯美女尽情地在舞台上唱着、扭着，台下的观众举着酒杯兴奋地品着红酒，时不时和台上演员互动互动，看起来沉醉在音乐的氛围里，也会让人暂且忘记烦恼。门口的服务员热情地招呼着前来观赏的游客，让我不禁想起去年在云南丽江酒吧的一幕幕情景，年轻人喜欢这样的气氛。西栅的夜是热闹的！

离开这热闹的酒吧区，赶紧去寻找下一个心中的驿站。前面的灯塔星光点点，神秘般地屹立在宽阔的明堂中间，让人浮想联翩。当地老百姓都喜欢称呼它为西宝塔，也叫白莲寺塔。突然前面出现一座五光十色的城楼，那么壮观，那么气派，楼顶上灯火通明，照亮了这江南水乡的夜。夜，慢慢地变得幽静，零零散散的游客在乌镇老邮局门口进进出出，在这个信息技术发达的今天，让我们70后的人再次回味那寄信、收信时手拿信封，闻着纸香味的读信时光。这里还有民国主题餐厅，那古色古香的门窗，让人觉得行走在20世纪30年代。西栅的夜是令人回味的！

穿过石拱门，眼前出现了漆黑的夜空，繁星闪烁，走近一看，原来是一排排长凳，每排凳子上都有些小灯，前面是一个泛着波光的湖，听说这里是露天水剧场。这样美的夜，令人不由得为之震撼，这是我今晚最大的收获，虽没有表演，只有几对情侣相依而坐。但这样的意境是我所期盼的，微风阵阵，星光闪烁，波光粼粼……西栅的夜是那样的甜蜜！

慢慢地，慢慢地，我沉醉于乌镇西栅的夜景里，在这绚丽多彩的夜晚，一切变得那么美好！是梦开始也好，停留也罢……

2015 年 8 月 11 日

游仙溪村

　　金秋十月，秋风送爽。十一小长假，我和朋友决定远离城市的喧嚣，选择去乡下农村走一走，领略这几年来义乌的新农村建设风貌。

　　"溶匕月色照纱窗，起视双溪景未央。两水夹来明镜彻，波中天上共三光。"这里的双溪指的便是位于义乌西部的上溪镇仙溪村，是我们此行的目的地。仙溪，一个富有诗意的名字。据龙山李氏谱资料记载，六百多年前，当时村名叫小溪，后改名叫双溪。现在的村名——仙溪村是到了清末才有的。相传七仙女来桃花坞摘桃子，路过小溪，就驻足戏水，天黑后才依依不舍飘然离去，由此得名"仙溪"。

　　仙溪村山明水秀，风光旖旎，素有"世外桃源"之称。村内两条又窄又长的小溪，终年流水潺潺，清澈见底。走进村子，秋风里夹杂着一股浓郁的桂花香，沁入心脾。我们在村党支部书记李建龙的带领下，先来到了文化礼堂。鲜红的五星红旗下挂着一块牌匾，上面写着"崇文尚孝"四个大字。李书记指着牌匾为我们介绍道："我们仙溪村历来重视文化教育，注重孝道礼仪，村民的名字辈分就有文字辈、孝字辈，我们把'崇文尚孝'列为仙溪村的核心人文精神。"这块匾额上"崇文尚孝"是原金华市副市长杨守春先生为仙溪村所题的。

我们细细浏览了文化礼堂这座精神家园。正前方是一个长方形的大舞台,舞台上方的水晶吊灯由无数个圆柱灯管连接而成,看起来华丽高贵。舞台两侧,立着两根红色大柱子,大柱子之间又用一根红色的柱子相连,宛如两条神龙腾空而起,象征着仙溪村团结、和谐。

礼堂的左边墙上写满了村里历代成功人士的名字,我不禁默默地念起这些名字来:"李平、李友仁、李志群……"读着他们的事迹,敬佩之情油然而生。这是给李氏后代最好的文化营养,激励着年轻人发奋学习,为村里建设做贡献。

礼堂的右边墙上挂着"德""仁""让""俭""家"等字幅,介绍公德、仁爱、谦让、节俭、和睦等文化,告诉仙溪人做人的道理。礼堂上还陈列着一些农耕农具,纺车、水车、风车、犁车,讲述着仙溪人勤劳朴实的故事。尤其让我惊叹的是那些年代久远的米机、麦机、自来水机、水龙……它们见证历史的变迁、时代的发展。仙溪村在村领导的带领下,一步一个脚印、踏踏实实地走好发展致富之路。

仙溪文化礼堂记载着仙溪的过去、现在;记载着祖祖辈辈勤耕好学、尊老孝亲的历史足迹;记载着祖先赐予后代的文化大餐……

李书记还给我们介绍仙溪的板凳龙。每到春节,每家每户开始为准备迎龙灯而开始忙乎。仙溪的"板凳龙"十分有名,龙头、龙尾都用香樟树木雕刻而成。龙头(俗称灯头),长约两米,翘首曲身,含珠瞪目。龙头后面是一座木雕精致的翘角飞檐小宫殿,龙尾约长一米,与龙身分开,雕工精美,朱漆描金、神态活现。迎龙灯时，灯头红绸绣披挂于身，四周琉璃围绕，彩球悬挂，内点蜡烛。宫殿与龙尾之间，由一节节板凳串联而成。整条板凳龙状如江上长桥，规模宏大，气势非凡。

迎龙灯一般分为祭灯头和出灯两个部分。大家最为期待的是，迎灯过程中的拉灯与盘灯表演。全村男女老少，兴高采烈地赶来凑热闹。听着听着，我仿佛回到儿时，每到过年，村里也会迎龙灯。敲锣打鼓，好不热闹啊！我们一大群孩子一直跟在龙灯身后。只见灯头一会儿急速往前拉，接着龙尾龙身又急速地拽，来来去去几个回合，让观赏的老人、孩子、妇女拍手叫好。龙灯继续往前迎，身后总是跟着一大群人，大家有说有笑的，十分愉悦！不知是谁说了一声"盘灯"表演开始了，围观的人们快速地散到一边，灯手们熟练地操纵着，一会儿向左，一会儿向右。龙灯变化多端，时而凤凰展翅；时而剪刀绞；时而大圆盘；时而五梅花……令人叹为观止！随着李书记的一声"走"，我的思绪又回到了现实。

走出文化礼堂，仙溪村的房屋建筑映入眼帘。如今的仙溪村可谓高楼大厦、排屋、别墅，遍地而起，但仅存的几处古建筑也是仙溪的一大景观。跟随李书记的脚步，我们来到下十四间旧居。站在桥头远远望去，下十四间的几处外墙已经有些破损了，横梁凌空驾着，像一个经历百年沧桑的老人。我多么想走近它，靠近它。一位农户猜想我们是远道而来的客人，乐呵呵地出来迎接，热情地邀请我们参观。走进一扇小门，跳入眼帘的满是绿油油的小野草，院子中央放着几座石磨，石磨边绕满了南瓜藤蔓，几朵金色的南瓜花躲在绿叶丛中，分外夺目。这样的景致应该是乡下人家独有的吧！院内还倒放着几只大水缸，可能是怕积水后会有蚊子吧！

沿着院边，我抬头仰望这些老房子。大小不一的厅堂，屋内还有老灶台，亦叙述着当日的繁华和兴盛。绝不雷同的牛腿雕案，或如象鼻，或似人物，或像飞禽走兽，昔日能工巧匠们留下的精工细活，历经几百年的岁月沧桑却仍栩栩如生，具有极强的立体感。屋檐翘角，雕梁画栋随处可见，一式的镂窗刻花，一式的台门天井。游人若是穿梭其中，定易产生乱花渐欲迷人眼的错觉。像这样的古居，还有上十四间、桥头孝立旧居等。

我们继续前行，沿着村内整洁宽阔的水泥路，不知不觉走到了村的尽头，路旁挺立着一棵高大的鸡钩藤树，挂了满树的鸡钩藤。我的思绪又被这丛鸡钩藤绕回到了小时候，父亲去城里赶集，总会带回一大把鸡钩藤，我们笑着从父亲手里接过鸡钩藤，用大拇指和食指掐一点放在嘴里，那甜甜的味布满了嘴，甜透了心。

站在鸡钩藤树下眺望远方，连绵不断的群山把仙溪村拥入怀抱，把大自然的精华洒向仙溪村这块宝地：田野上一片郁郁葱葱的景象，那是勤劳朴实的村民付出了汗水，秋的大地送给村民的礼物；池塘边洗衣服的老奶奶，舒展着满脸皱纹的笑脸告诉我们她拥有健朗的身体；来回踱步的华鸭，悠闲地啄着草地里的小虫，不时地发出"呷呷呷"的叫声；一群母鸡扑扑翅膀飞速地跑来跑去……这样的世外桃源生活怎能不令人向往？

此刻天是那么高，云是那么淡，阳光普照的地方，让人有些晃眼，秋风过处竟有一种惬意包裹，抑或是周身都被镀上了一层温暖的味道。

仙溪，远离城市的喧嚣，唯有宁静、和谐与你相伴！

山水相依岩口湖

初春的傍晚，朋友邀请我去散散心。车慢悠悠地在山路上开着，到底是春天了，路边的风景极好！朋友不时提醒我看风景，是啊！桃花开了，瓣瓣嫣红映醉了蓝天白云；李子花开了，簇拥着团团笑脸，朵朵纯净得如同尘外仙子；油菜花也开了，铺了满地的金子，耀眼夺目；还有那叫不出名儿的野草花，全都齐齐开放。我仿佛被眼前的景色迷住了，惊呆了，深深地陶醉了，以致朋友和我说话，都没听见。

一下车，清新的空气夹杂着树叶香、花香、泥土气迎着微风直面扑来，不禁让人心旷神怡！偶尔传来几声清脆的鸟鸣，让人有一种说不出的激动。

沿着公路边的小道，我们兴奋地来到湖边的沙滩上，朋友告诉我，这就是闻名遐迩的岩口湖。此刻，夕阳西下，映红了湖面，天边的云霞在夕阳的衬托下，像一幅绚丽多彩的画。远处的青山静静地矗立在湖中心，有如刘禹锡笔下的"白银盘里一青螺"。又如吴迈笔下的"群峰倒影山浮水，无水无山不如神"。站在湖边，一边欣赏着夕阳下的美景，一边用心感受春风中湖水轻轻地波动，真是别有一番滋味！

稍远处停着一艘游轮。于是我和朋友来到码头，乘坐游轮泛波行舟，缓缓驶向湖中心，两岸青山依绕，湖面水平如镜，船行于清碧的水上，如同在绿云间漫步。抬眼望，满目苍翠，水天一色。低头看，粼光微闪，湖水温润，令人想起那小家碧玉般的美人，恬美安宁中略含了那么一丝羞涩。船渐渐地靠近了目的地，横卧在眼前的是连绵不断的群山。我们下了船，兴奋地行走在茂密的树林里。这里更加寂静，时间仿佛停止了，周围的一切也似乎不动了，只有翠绿的树林屹立在你的四周，那么高大、那么挺拔。

愈往里走，空气越来越清新，欢快的鸟儿伴随着悦耳的叫声时而从眼前飞过，时而穿梭在林子里。树丛也越来越密，苍翠欲滴，像一块碧绿的幕布。有位哲人说："别想征服大山，大山是永远不可征服的。我们所能做的，只是尽量地靠近它，熟悉它，成为它的朋友。"于是，我们所能做的，就是尽量地走入山林的深处。

倚立在山林深处，隔着树叶缝隙望着岩口湖，片片水波随风微动，好像向我漂来，给人清新而又激情澎湃的感受，百味人生中，寻找你自己，你会发现，与群山相比，自己的渺小与无畏。人的私欲、烦恼以及由此引起的种种痛苦，在山水的坦荡磊落面前，再也难以占据一席之地。山，有水则灵，走进山林深处，我们真的仿佛荡涤了心灵。

此刻远离城市的喧嚣与灯红酒绿，给我带来久违的愉悦与放松，我不禁放声高歌。尽情地展现自我，一个对生活充满无比向往的女孩！幸福的女孩！优美的歌声在山间回荡，是一种狂欢，一种释放，一种追求……

岩口湖，是一首优美的诗，是一幅神奇的画。告别岩口湖的时候，坐在那游轮上，回首那浩渺烟波，我不禁动了真情！

金黄的八岭古道

早就听说在义乌江东街道青岩傅村的上方有一条美丽的古道——八岭古道。这个叶黄叶落的秋日再次点燃了我对生活的热情，去认识一位新朋友——八岭古道。

我和朋友沿着青岩傅村边的水泥路往前走。路边有几家农庄，里面偶尔传来几声嬉笑，增添了几分热闹。我喜欢清静，但这样的热闹让我整个身心感受到美好生活的异样甜醉。爬上一个陡坡，光明水库在蓝天与秋光的映衬下，像是穿着一件蓝色耀眼的演出服闪闪发亮，在秋风的伴奏下，水面上，波澜起伏似在舞台上跳起柔美的舞。

"你看，前面是黄泥路了，拐个弯，就到古道了。"朋友边指着远处边提醒。

稍远处的山像是一幅五彩的画，金色的、黄色的、深绿的、淡绿的……各种颜色互相交错着；又像是穿着一件五彩衣，红衣裳、绿长裙……大山与蓝天白云遥相呼应，就像一对好朋友整日对视，看不够，也看不厌。此刻我有点迫不及待了，脚下的步伐加快了。几声清脆的鸟啼声像是在指引我们前行的方向。八岭古道，你可寂寞？

我来了，八岭古道！一座长长的狭窄水泥桥映入眼帘，我们快速地跑过去。一束斜斜的阳光直射下来，照耀在前方的银杏林，一棵棵银杏美丽无比。深秋时节，满树都变成了金黄色。黄灿灿的叶子在阳光的映照下，发出了耀眼的光芒。一阵风吹过，那光芒就在树叶间跳跃，仿佛小精灵在欢快地玩耍。

我们继续前行，走上台阶，前面还有个凉亭，名叫"六瑞亭"，可以让来往的路人小憩一会儿。路变得越来越窄，也凹凸不平，那也不要紧，我们只想欣赏沿途的风景。最吸引我眼球的是一棵古老的枫树，树枝上的枫叶已经不再茂盛，零零星星的几片。是啊！叶子终究是要离开大树的，就像世上没有不散的筵席。顿时，一种莫名的悲伤涌上心头。是无奈、是忧愁、是别离……太阳也躲进了云层，心中的光线和风景的光线一同消失了。那几乎光秃秃的树枝，也失去了往日的光彩，粗的、细的，互相交错着、缠绕着、依偎着，难舍难分。粗糙的树皮上，斑斑点点、诉说着枫树的饱经风霜。人生也是一样，生老病死，谁也改变不了生命的规律。一种浓重的忧伤像大石块一样扔进我的内心，扩散着、蔓延着。突然，阳光变得强烈起来，如同一道笔直的下坡直冲下来，照亮眼前的一切。几片枫树叶在秋风中舞动起来，它们像是与大树做最后的道别。"落红不是无情物，化作春泥更护花"，秋天的凋谢全是假象，我的心境也随之释然了。存在即合理，发生即安排。秋天的萧瑟是为了春天更好的绽放。

无论如何，一年四季，我还是最爱秋天，也最喜欢在秋日里徜徉于大自然。秋天的万物虽然没有春日里的激情、夏日里的盛情，但风韵犹存，是真正的富有。

树叶黄了，黄叶落了，果子熟了，味道甜了。秋阳慷慨无私地把积蓄献给这人迹罕至的古道，古道因此而铺满阳光，与秋日一般金黄。

八岭古道的春天

五一假期，我和朋友们相约来到八岭古道。踏上这条连接青岩傅和八岭坑这两个村的原生态古道，我的心情也随之放松下来。"啾啾啾、啾啾啾，唧——"的一声欢叫，欢腾的鸟儿从我眼前飞过，转眼就躲到树林里去了。满眼满眼的绿植，让我疲劳的眼睛瞬间像敷过眼贴那般舒服。这个春天，八岭古道就这样静静地躺在大自然的怀抱里，耐心地等待着游人的探望。

农历四月的天气有些许燥热，但行走在古道上，心里已然住下了清凉。阳光透过树叶洒下斑驳的影子，微风吹来，把树叶的清香送进你的呼吸里，浸润你的心扉。我会闭上眼睛，像听摇篮里小宝宝睡觉时轻轻的鼾声；我会情不自禁地轻轻吟唱，和着春的气息舞步翩翩。我会顾不得旁人的眼神，尽情地陶醉在八岭古道的绿意里。

八岭古道游人如织。一阵阵爽朗的笑声在山谷里回荡，使我们不由得加快脚下的步伐。几个游人从对面走来，脸上喜洋洋的，手上拿着一株刚挖的花苗。我正想问这是什么品种的苗，突然五六个小朋友奔跑着从我们身旁经过，那敏捷的身姿宛如鸟儿轻盈地飞过。

"哇，这里的水真凉快！"只见几个小伙子挽起裤腿小心翼翼地走到溪里，双手捧起水直接喝上一口，或直接捧起水扑在脸上。我们继续往前走，前方的空地上，有许许多多的游人，有的架起烧烤架，准备烧烤；有的围着桌布，桌布上摆满了各种吃的，大家席地而坐，有说有笑。

八岭古道保持着最原始的模样，铺满石阶，我们一直往上走，每个人都气喘吁吁的；古道也有软绵绵的黄泥路，踩上去，像踩在厚厚的地毯上；还有铺满各种不规则的石块。古道时而窄、时而宽、时而上坡、时而下坡……朋友开玩笑地说："小时候，捉迷藏就躲到大山里，常常让人找不到，躲的人还躲着，找的人早已回家去啰。"我不由得大笑起来，那时，精神上的富有早已掩盖物质上的贫穷。

古道两旁的树木郁郁葱葱，像正在长身体的娃，喝足了水，噌噌噌地往上长，富有活力；每一片叶子绿得发亮，像青春少女的脸庞能掐出水来。枝叶繁茂的老栗子树浓荫匝地，像绿绒大伞、像巨人矗立；那缀满花朵的枝丫沙沙作响，像恋人们在悄声细语地互诉衷肠；白色的花絮宛如冬日的雪花飘洒在翠绿的草丛里，落英成阵，组成奇异的图案。

思绪突然飘到去年秋天我第一次游赏八岭古道的时候。秋天的古道是金黄色的，像一幅五彩的画，又像是一件五彩的衣，颜色应有尽有。黄有许多种黄，嫩黄、鹅黄、土黄、金黄……红也有许多种红，淡红、粉红、大红、深红……

眼下的八岭古道，是整个的绿，似绿色的海洋，望不到边，十分养眼，令人一见倾心。

八岭古道的春天也是我的春天。

迷人的天山村

如果人间真有仙境，那就是东阳的天山村，一座漂浮于云端的古村落，给人"柳暗花明又一村"的惊喜。

一个初秋的午后，我走进了这座拥有 700 多年历史的天山村。这里群山连绵，山搂山、山靠山、山挤山、山顶山……深绿、浅绿、嫩绿、墨绿，无数种绿铺满大山，像波涛起伏的绿色海洋。山中间还夹杂着几处火红的颜色，红颜色里还有细微的白色，红色的像岛，白色的像栖息在岛上的海鸥。如此壮丽的美景，让我情不自禁伸开手臂仰面深呼吸。

天山村出乎意料的冷清，除了村口处几个游客正在和一位买生姜的农民交谈着，看不到多余的人。四周是那样安静，只听得几声虫鸣，偶尔又飘来几声鸟语。我沿着村中的水泥小道，慢悠悠地前行，仿佛不是来旅游，而是来叙旧。

天山村的房子分别在水泥道的两旁，左边的地势高，一幢又一幢，错落有致，白墙、青瓦，明亮、落地的玻璃大窗，漆红的木门，无不在诉说新时代下，农民的住宿条件越来越好，向着小康的目标发展前进。天山村的农家乐都是以几号店来命名，挂着的招牌也是一致的，我看到了最大的数字是 32 号店。右边的房子相对来说地势低得多，掩映在绿树丛中，房子是泥墙，黑瓦，很朴实，像是农民的家。门口放着沾了泥的雨鞋，麦秆编织的泛黄的帽子，我猜这家的主人一定是一个勤劳的人。

我沿着台阶往上坡走，两旁的地里种着许许多多的庄稼，有花生，有番薯、有大豆……"卡沓卡沓""卡沓卡沓"有节奏的锄地声传入了我的耳朵，一位穿着深蓝色长衣、卡其色长裤的农民正弯着腰在用锄头挖土，也许是准备再种点什么农作物吧！放眼望去，是一层层梯田，成熟了的稻子像铺了一地的金子。一阵秋风吹过，稻穗随风荡漾，像泛着微波的金色海洋。再往前走，台阶铺过的路已然到了尽头，挡在我面前的是茂密的树枝，像一座深绿色的屏障。我正准备往回走，突然发现树枝后面还有一条只够一个人走的小路，我决定过去看看。我小心翼翼地往前走，转过山坡的弯，眼前一片开阔。"山重水复疑无路，柳暗花明又一村"的美景好似瞬间从天而降在我的眼前。远处是一个大湖，湖水碧绿碧绿的，像一块无瑕的翡翠，微风拂过，碧波荡漾。好多钓鱼人正安静悠闲地握着鱼竿静静地等待鱼儿上钩。我虽然看不清他们的脸，但我想他们向往的肯定不仅仅是钓上鱼来的成功喜悦，而是在喜欢的地方做自己喜欢的事吧！

在步出天山村的时候，突然浓雾渐起，一团一团的，缓缓地漫上山坡，散成一片轻柔的薄纱，又像是一张天幕，一会儿工夫，天山村就悄悄地躲进了雾里。

仙雾缭绕，如入仙境，天山村果然与预想中的一样美。

2020 年 10 月 7 日

重游岩口湖

虽在义乌十多年，却不曾好好浏览身边的美景，是把时间都给了工作？我不禁这样问自己。偶然的机会随朋友去了岩口湖，一个让人心静的去处，美得心里起了波澜。每到烦心时就有一股往岩口湖去的冲动，那山、那水、农庄、码头……都给我留下了无限思念！那一幕幕静静的画面深深地触动了我的眼球，也震撼着我的心灵。

今儿下班约了同事，骑上自行车，再一次前往岩口湖。沿着山间弯道，我们兴奋无比，平时闻惯了汽车尾气夹杂着尘土的气息，突然间一股股树叶清香袭遍我的全身，沁入心扉。之前还是昏昏欲睡、中暑症状明显的我，此刻就像一株刚浇了水、吮吸了雨露的精华的树苗，变得神采飞扬！同事对这边的路况比较熟悉，她不时提醒我前面有大拐弯或是有长下坡。正说着，一个又陡又长的下坡出现在我的面前，平时胆小的我，此刻几乎没有考虑刹车，直往前冲。"啊……啊……"那长久压抑的心情得到了释放，这感觉绝不亚于蹦极。从高处跳下的瞬间，刺激感布满每一根神经，每一个细胞。是啊！当心灵得到释放的瞬间，你似乎才感觉生活的乐趣与美妙，生命的存在与美好。人生路上的滋味在此刻去慢慢回味与咀嚼，累了不算什么！身边的人不理解不算什么！

受委屈与挫折不算什么！当你身处美丽、伟岸、有宽容心的大自然时，所有的不愉快将统统散尽！

前面是上坡了，我们慢悠悠地踩着自行车的踏板，继续前进，岩口湖尾部已渐渐地进入眼帘，三三两两的几个人在湖边钓鱼，那弯弯的鱼竿，那又长又细的渔线，还有钓鱼者带着草帽悠闲自得的神情，与天边偶尔飞来几只鸟儿，一同构成了岩口湖一道亮丽的风景线。随着山势的变化，湖面越来越宽了，初夏的微风吹来，湖面泛起了阵阵涟漪，美丽极了！远山凝黛，水天相接，夕阳落下的余晖给山头镶上了一圈金边，不耀眼，却有些柔和的美。湖中心飘着一叶小舟，像是花丛中的蜜蜂，山林间的清泉，草叶间的雨露……让人陶醉，让人迷恋！同事提议下车拍照，留住大自然的鬼斧神工。湖边的桃树林结满了密密的小的可爱的桃子。春天桃花盛开的情景仿佛就在昨天，时光在季节的变化中悄悄地溜走了，而我却不曾伤感。

终于到山林农庄了，向往日那样，我们停好车就直奔岩口湖去了。仍旧顺着公路边的小道，奔跑着来到岸边的沙滩，和岩口湖一下子拉近了距离。码头上，那老船依旧停在水中，和上次来的时候一样，那么宁静、朴实、安详……它不像是捕鱼船，船头撑起了竹条架，像间小竹楼，竟让我莫名地喜爱。它更像是岩口湖的守护神，默默地付出却不求回报，那样高大，那般敬业。举目远眺，天和湖已合为一体，分不清是湖还是天，到底是天空眷恋湖水，还是湖水依恋天空，蔚蓝成片，仿佛是大自然这位艺术家站在高处，泼下一盆蓝颜料，把整个大地染蓝了，无比壮观啊！突然，一条鱼儿从水面上高高跃起，"倏忽"又跳入水中不见了，只有小小的涟漪一圈接着一圈，把我的思绪拉回到现实。

天色渐渐暗下来，一轮明月高挂在天空，湖周围的青山所发散出来的清香，夹杂在水气中扑面吹来，令人心旷神怡！山水相依，就像是水草依恋一尾鱼，闻着你的气息，听着你的呓语，有所归依。我和好友畅谈着这段时间忙碌的生活，各种各样的比赛，是经历、是坚持，更是收获。在这样一个宁静的夜晚，我们快乐着……

2017 年 5 月 20 日

怎一个"情"字了得

——读《梧桐发绣》有感

　　2020年的一个夏天，我跟随义乌市文联古今文学研究院的文学工作者走进大元村，通过实地走访、听老年协会会长的介绍以及阅读了相关的资料，我大概了解了倪仁吉这位才情双绝的女子的故事。倪仁吉，虽是一个普普通通的女子，但经历过很多人难以想象的磨难，她聪慧、贤淑、迎难而上，以宽容、豁达的心境过着充实的生活，很多人做不到的事、过不了的坎，倪仁吉都做到了。她以最阳光的姿态迎接这样充满曲折的人生。不管结局如何，我都觉得她都是幸福的！

　　一个冬日的午后，我坐在窗前，翻阅《古今文学研究》秋季刊，里面收集了"江东杯"义乌市文学作品大赛获奖的文章，《梧桐发绣》这个题目瞬间吸引了我。"高大的梧桐树、金色的梧桐叶、亮丽的长发、绚丽的织绣……"——跳进我的脑海，让我急不可待地想读这篇文章，猜想这里头一定有触动我内心的东西。果不其然，《梧桐发绣》写的正是我念念不忘、肃然起敬的倪仁吉。

　　第一遍读《梧桐发绣》，我就喜欢上了。我的心随着故事主人公倪仁吉的思念而思念、忧伤而忧伤、平静而平静……不知为什么，读到"倪仁吉摩挲着亡夫遗下的两个屏风，拿起一个，放下一个，再都拿起，又都放下"，我的心就紧起来，鼻子一酸，泪水瞬间模糊了双眼。倪仁吉和丈夫吴之艺结婚才三年，丈夫就因病去世了，不得不说，这份思念真的很痛苦。我无法体会倪仁吉在孀居二十几年的日子里，是怎样守住这份寂寞和孤独的？她眼前尽是丈夫吴之艺的幻影，但耳边又尽是邻里的闲言碎语。她是怎么把这份思念之苦、烦恼之心化为前行的动力？在兵荒马乱、家道艰难、无奈回乡避难的紧要时刻，她又是怎么割舍留在大元村里像生命一样重要的东西的？我想这一切的一切，都源于倪仁吉的聪慧与坚强，她放下儿女情长，把生活寄托到孝顺婆婆、养育没有血缘关系的儿子、写诗词、作画、刺绣上。一般女子根本无法做到，但倪仁吉做到了。

还有倪仁吉对三个继子的爱，表面上是淡淡的，但内心是浓浓的……从文章的开头写道："母亲，不日就要启程，这顶羊毛帽子是特地到镇上买的，一路上也好御寒。"足以看出继子对她的孝顺，但很多时候是对继母倪仁吉的不理解，如看到倪仁吉深夜才归来、看到倪仁吉与一个男人同在竹林里合奏，听到那些妇人嚼舌根……继子的心里是十分矛盾的，他们根本不理解倪仁吉为什么要这么做，只希望倪仁吉是他们的母亲。这样对比描写，为下文倪仁吉用发绣作品救下吴云将做好了铺垫，更加突出倪仁吉对继子的爱，表达了倪仁吉内心的善。吴云将也直到这一刻才认识到倪仁吉内心的纯净、善良和大爱。

总之，程涵悦老师写的《梧桐发绣》，我百读不厌，我深深地被故事里的内容吸引住了。不得不说，《梧桐发绣》这篇文章的构思是非常巧妙的，以倪仁吉的爱情、亲情、家乡情怀为主线，多重情感交织在一起，且每个情节又特别注重细节的描写，突出画面感，像讲故事，又像是放电影，生动形象地展现了倪仁吉伟大而又平凡的一生。

一位作家说过，幸福的时光里一定要有寂寞和孤单做伴，这才是圆满的。或许，倪仁吉这一生若没有寂寞和孤单做伴，就不是倪仁吉了。

花开雪峰路

近几日，天气出奇得好，碧空如洗，万里无云。义乌雪峰路一带的玉兰花都竞相开放，白的如玉、粉的似霞、淡紫的如烟……美不胜收，被誉为义乌最美名人路。一朵朵清香淡雅的玉兰花迎风而立，正召唤着人们去感受花开的姿态，去遇见最美的时光。

那天早晨，我和朋友骑上自行车，沐浴在春光里，慢悠悠地观赏雪峰路上的玉兰花。这一带的玉兰花几乎全开了。远看，粉红一片，雪白一片，看不到尽头，像两条长长的飘带铺在路的两旁。玉兰树高矮不一，飘带起起落落煞是好看。近看，玉兰花开得密密麻麻，相互簇拥，朵朵向上，像一只只落在树上停息的粉蝴蝶、白蝴蝶。一阵微风拂过，玉兰花香扑鼻而来，淡淡的清香沁人心脾，令人心旷神怡！我忍不住停下自行车，想与玉兰花来个大大的拥抱，来个深深的亲吻，来个久久不愿离去的相处。

"素面粉黛浓，玉盏擎碧空。何须琼浆液，醉倒赏花翁。"我站在玉兰树下，与玉兰花撞个满怀，看看这朵，闻闻那朵，心里如微波之湖，荡漾起幸福的小涟漪，陶醉在玉兰花香里。我仿佛回到了最美的花季，思念起校园里陪伴我三年的玉兰花来。每当课间休息我总是站在教学楼上往远处看，玉兰花星星点点，像一群一群蝴蝶停在草丛里不肯离去。中午休息，我也总要去玉兰花下陶醉一番，暂且抛开小小的烦恼，去观赏玉兰盛开的景，去等待落英缤纷的美。

"你看，玉兰花越开越美，就像你一样。"朋友指着其中的一朵玉兰花微笑着对我说。"也像你一样。"我们互相赞美起来。玉兰花在我的心目中是那样天生丽质、清新脱俗，是那样经久耐看、清香远溢。

这时，有几辆汽车已开到辅路靠边停下，车里下来的有手牵手的恩爱情侣，有幸福的一家三口，还有说说笑笑的三三两两的好友……他们对着玉兰花用手机来一阵狂拍，接着又倚着玉兰花玩起了自拍。

我们继续一路骑行，一路赏花，一路说笑，不知不觉已来到雪峰路沿线玉兰花开放的尽头。早晨的阳光铺满大地，玉兰花在阳光里开出一句句最美丽的音符，享受生命中最美好的时光。

如今义乌是越来越美了，义乌人也变得越来越富有。最美义乌城，最美雪峰路。让我不禁想起义乌名人冯雪峰。他是现代诗人、文艺理论家、社会活动家，1927 年加入中国共产党，1934 年参加长征。他撰写的作品无数，他对中国马克思主义文艺学建设有着不可磨灭的贡献。这条以"雪峰"命名的道路让我们记住了这位不平凡的中国人，他是义乌人的骄傲。义乌还有宾王路、望道路、春晗路……

此时此刻，雪峰路两旁的玉兰花在阳光里灿烂，在春风里摇曳……

桃花三月红

那日傍晚，春光明媚，下了班后，我和同事去上溪桃花坞看桃花。汽车行驶在义兰公路上，穿过一个又一个的隧道，空气也变得越来越清新。我忍不住把车窗开大些，微闭着眼睛，享受春风的和煦，春光的温暖。此刻的感受有如杜甫笔下的"春光懒困倚微风"，一天工作的疲惫瞬间消失得无影无踪。

"快看，山上一整片桃花！"妙姐兴奋的尖叫声使我连忙睁开眼往远处山那边看去。一株株粉红的桃花远远看着像一把把张开的大花伞铺在绿色的山丛间，又像是无数无数停歇着的蝴蝶相聚在一起。看着这么美的桃花，我的精神倍增，眼里流露出久违的喜悦。

"下次，我带你去看桃花。"这是爱人对我的诺言。"好啊，一言为定！"我虽答应着，心里还是极为不快。因为周末要外出培训，我不能随几位好友前去赏桃花，失落感随之而来。爱人定是看出了我的失落，就和我约定，来年春天定会抽出时间带我去看桃花。

第二年的春天，爱人没有失约，我俩手牵着手漫步在桃花坞的小路上赏桃花……

这暖心的一幕发生在十年前，赏桃花总能带给我好心情。

"下车赏桃花去。"晶妹边说边停好车。我赶紧打开车门,飞快地奔向近处田野的一片桃花。这里的桃花一朵朵、一簇簇、一串串地开满枝头,娇艳欲滴。她们极其友好地相拥着、缠绵着,有的向上,有的向下,有的向左,有的向右,如一张张粉色的笑脸,欢迎我们的到来。"嗡嗡嗡,嗡嗡嗡",几只蜜蜂正在花丛中飞舞着,忙碌着。我们也像蜜蜂一样快乐地穿梭于桃花间,细细地欣赏这一朵朵惹人喜爱的桃花。一阵微风拂过,桃花喷出醉人的芳香,笑得更欢了,偶尔洒下几片花瓣,像跳着柔美的舞,妩媚动人。

"桃之夭夭,灼灼其华。"是呀,桃花虽没有牡丹的娇艳动人,没有玫瑰的妩媚芬芳,没有蜡梅的迎寒怒放,但她却能为人除去疲劳,着实养眼,怎能不令人陶醉?我站在桃花丛中,仿佛与桃花融为一体了。人面桃花相映红,桃花依旧笑春风。不管处在怎样的境遇,我们都要像桃花一样面带微笑。

突然几只鸟儿从高处飞下,轻轻落在桃花绽放的枝头,"唧唧唧"发出清脆的鸣叫。耳旁还传来"哗哗哗"的流水声,像一首动听的乐曲,陪伴着迷人的桃花,给安静的山间、田野更增添了几分生机。

桃花三月红,花香留心间。漫山遍野的桃花,风姿绰约、清香扑鼻,勾勒出一幅美不胜收的春天画卷。

2021 年 3 月 15 日

那丢失的半小时

那日轮到我值班，走出小区门，来到公交车站，心里想好了坐车的路线，先坐B支809到龙回枢纽，然后转B支331，刚好到单位。但转念又一想，先来什么车，就坐什么车，这样就不用费时间等待了，因为很多公交车都往龙回枢纽方向开。

正在这时，B支19路来了，我想都没想，就上车了，等坐下的时候，才去想这辆车的行驶路线，途经哪几站。前面红绿灯，汽车要向右转了，"哎呀"，我才知道坐错了。如果在转弯途中的第一站点下车，重新走到新科路等B支809就可以了。但是我懒得下车，错就错了呗，待会儿去南方联下车，到对面坐BRT1路，再到流雅下车，坐B支37路也可以到单位。

坐在BRT1路车上，我并没有因为坐错车而觉得烦恼，只是费点时间又没关系。等到了流雅站点的时候，我下车了，才发现站牌上并没有B支37路了，询问了工作人员，才知道，这路车早就取消了。"唉……"我开始叹气了，本来可以按时到单位的，这么一折腾，肯定要迟到了。

我只好走出站点，到龙回枢纽的对面坐333路。"你好，去篁园服装市场坐几路车？"一个穿着时尚的年轻人面带微笑询问我。我耐心地告诉他去哪里坐，坐几路车。"谢谢你，祝你好心情！"这位年轻人很有礼貌。"客气了，也祝你好心情！"我继续往前走，抬头，天是湛蓝湛蓝的，洁白的云在蓝天里飘动着，悠闲而自在。我的心情瞬间好了很多。途经花卉市场，我停留了几秒钟，看到了各种各样的苗木，绿油油的，充满生命力。老板面带笑容，友好地向客人介绍，客人仔细挑着，看看这株，又看看那株。突然发觉自己已好久好久没有仰望天空了，也好久好久没有留意身边的事物了。不管是蓝天白云、苗木，还是老板与客人，他们都有各自的目标与方向。这段时间我因生活里太多的烦恼而焦头烂额，甚至迷失了方向。"我该怎么办？是真的要放下吗？还是去克服困难？"我不禁问自己。

走到站点时，333路就来了。我坐上车，找了一个靠窗的位置坐下。汽车向前行驶，看看时间已八点。此刻，我的内心却很坦然，虽然耽误了半小时，但终究可以到达目的地。车窗外的景色很撩人，龙回立交桥下宽阔的草地像大草原那样宽广而美丽。瞬间，我释怀了！其实，每个人的内心都有一道亮丽的风景，有时它会俏皮地躲起来让你去寻找，只有愿意寻找的人，才能时时看得见。

生活中的烦恼或许并不可怕，只要你初心不变，烦恼一定能在暴风雨后自然驱除。我想，幸福和快乐没有别的面目，无非是善待与包容，而且一以贯之。

2021 年 5 月 4 日

桂香，知否，知否

　　秋天，我对桂花情有独钟。不管是金桂还是银桂，它都是那样的朴素，却散发着独有的迷人花香。每到秋天，等到桂花盛开的日子，我总会寻着花香，来到桂花树下静静地待上好一会儿，闭上眼睛，尽情地闻起来。这时候，我仿佛置身于花香的世界，忘记了一切烦恼，内心变得宁静而柔软。

　　今年的秋天，不知为什么，桂树还迟迟不开花。有人说，少了桂花香的秋天是残忍的、是痛苦的、是遗憾的，像一对恋人在久久地等待着彼此，无期限地等待着。这个秋天，人们都在盼望桂花开，闻桂花香。我也同样期待，每当经过桂花树，总会停下脚步，痴痴地望几眼。"桂花呀，桂花呀，你怎么还不开放，是谁欺负你了吗？"我又忍不住叹了口气："还是慢慢等吧，如有心灵感应，桂花总会回来的。"

　　那夜下了班，我走出体艺馆大门，只见皎洁的月亮爬上了树梢，给校园涂上了一层银色。走在铺满花岗岩石的小路上，内心觉得特别温暖。月光下，沉甸甸的柚子挂在树上，像一个个青绿色的小皮球，你挤我碰，可爱极了！一阵凉风吹来，我突然像是闻到了一股香味，是沁人心脾的香——桂花香！我深深地倒吸了一口气，是桂花香，没错，桂花开了！我像一个得了奖的孩子激动地向前跑去，来到桂花树下，细细地闻起来，久久不愿离开。去年，在雪峰公园，我和几个朋友一起散步，一起闻桂花香的情景还历历在目：我们捡起落在泥地里的桂花，捧在手心里，细细地端详着。小小的，米粒似的花瓣，十分可爱，特别特别诱人。它们离开桂花树，我很是心疼，想扔，又不舍，矛盾得很，然后禁不住花香的诱惑又久久地闻了起来。

第二天，我特意起个大早，去寻找校园里的桂花香。清晨，空气中已弥漫着淡淡的清香。我来新单位后，已经近一个多月没有闻到过的香味。我知道食堂附近有一大片桂花树，就赶紧往那儿大步走去。桂花树一棵挨着一棵，一缕一缕花香向我扑来。近了，更近了，淡黄色的，只有米粒般大小的花蕾一丛丛、一簇簇，静静地躲在绿叶丛中，那样娇小的桂花却散发出如此诱人的幽香。深呼吸，连续几个深呼吸，浓郁的桂花香钻进我的鼻孔，流进我的心窝，渗进我的每一个毛孔，把我笼罩其中，似乎我也生根发芽，长成了一棵桂花树。醉了，脚上像是钉上了钉子，挪不动了。

"桂花开了！""桂花真的开了！"孩子们背着书包，已快快乐乐地来到校园。他们似乎也为桂花的到来而莫名兴奋。他们三个一群，五个一伙，站在桂花树下赏桂花、闻桂花。你一言，我一语，叽叽喳喳，说个没完没了。

"何须浅碧深红色，自是花中第一流"。今年的桂花香虽然来得迟，但是它依旧那样香，透入心底。我总算收获桂香的清纯、悠远这份厚礼了。

那片红杉林

初冬，是红杉林一年中最美的时光。看到她，就如同黑夜见到黎明，惊艳。

看着追风发的视频《我在雅致街等你》，我被眼前的景色深深地迷住了。"湖光山色着轻纱，红杉叶似早春花。"碧水如玉，晨雾缭绕，一排排高大笔直整齐的红杉直冲云霄。假如世上有值得我留恋的事物，在这个冬天，便是非红杉莫属了。这些天，无论我走到哪里，都是红杉的影子。赤岸镇雅致街朝阳水库的那片红杉林，她一定在冬日暖阳中静静地等候有缘人与她相遇。红杉，我来了，带着我最诚挚的问候与你邂逅。

从义乌城里出发到赤岸雅致街，个把小时的车程竟也是眨眼的工夫。到了目的地，只见路边已停满了车，像长龙，一眼望不到头。我们踏着大步往前走去，脚仿佛踩在云上，整个人轻快极了！暖阳下，游人如织。看大家的装备，都是有备而来。有的带上帐篷，有的带上折叠小方桌，有的带上保温饭盒……想必都是来享受绿水红杉的人间仙境吧。

再往前走百来米，眼前就出现了水平如镜的朝阳水库，水是那样绿，如同无瑕的翡翠。水库尽头那片红杉林正静静地和绿水青山相依着，红绿相间，倒映水中，勾勒出一幅色彩斑斓的画卷。真是美不胜收！

我们沿着水库边的小道往红杉林走去，走着走着，公路变成了泥路，没有任何的修饰，素面朝天。踩在软绵绵的泥土上，更能体会此处的内蕴与气质。近了，更近了，一棵棵姿态万千的红杉，就近距离地站在我的面前。我赶紧跑过去，紧紧抱住他，忍不住仰望这片相思已久的红杉林。赤褐色的树干通直挺拔，顶天立地，令人敬佩。密集的枝条错落有致地向四周斜伸，在阳光的照耀下，如团团火焰。一阵风吹来，红杉的枝叶仿佛像一根根红羽毛轻轻飘落下来，落在我的脸庞，柔软舒服，像母亲的手抚摸着我，醉了……

这种原始的美，迷住了无数游人的双眸，这里自然成了网红打卡地。大部分游人都在找最佳拍摄角度，想留住冬日里最美的一刻。一位时尚的女孩，化了淡妆，穿着露肩的紧身肉色毛线裙，踩一双纯白色的皮靴，摆起了优美的poss，在镜头前尽显妩媚姿态。还有几位游人，坐在摊开的桌布上，吃着带来的各种美食，沐浴在暖阳下，有说有笑。哥哥和妹妹玩起了自导自演的捉人游戏，"别跑，别跑！""来追呀！快来追呀！"孩子们穿梭在红杉林中，笑得和绽放的花儿一样灿烂。我想，此刻的游人，内心一定是极度满足与幸福的。绿水青山就是金山银山，如今乡村的环境真是越来越好了，人们尽情地享受着大自然的馈赠，美得不得了。

游人走了一波，又来了一波。我们起身，继续沿着水库边的小道上走着，欣赏着眼前色彩斑斓的画卷，闻着清新带甜的空气，如果有烦恼，这一刻，所有的烦恼全都烟消云散。

百合花开

百合，一种从古至今都受人喜爱的世界名花，花瓣大而饱满，花香清淡宜人，有"百年好合"之意。

腊月二十八，我来到绣湖里，花了比平时贵好几倍的价格买了十支各色各样的百合，每支百合上有五六个大大小小的花蕾。我抱着它们，心满意足地回到家。

到家，我就赶紧找出布满灰尘的花瓶，清洗干净，装上水，把十支百合分开养在两个花瓶里。时间一天天过去，百合丝毫没有绽放的痕迹。我也有些心急，但也没用，只能耐心等待，心想百合总会绽放。

大概过了五六天，我突然闻到了花的清香，我深深地吸了几口气，感叹道："真好闻！"眼睛已望向花瓶里的百合。哟，已有两三朵百合悄悄绽放着笑脸，那大大的花瓣，一片挨着一片，很饱满，像一个个喇叭，美丽极了！

家有百合，像是到处洒满香水的味道，我的心情也是极好的。扫地的时候，洗菜的时候，看书的时候，常常被花香吸引了去，站在百合前，看了又看，闻了又闻。如果这四五十个花蕾一齐绽放，那会是什么景象？我仿佛看到一大片的百合开了，一朵一朵地盛开着，挨挨挤挤的，宛如一个个亭亭玉立的仙女翩翩起舞。

大概又过了五六天，百合已陆陆续续地开放，家里哪一处都能闻到百合的清香。它们好像刚吃饱饭、喝足水一样很有精神，一朵一朵挺立着，绿油油的叶子衬托着明亮的花瓣，浑身散发着魅力！如果百合花也有人生，那么从花蕾到花朵，它一定是经过十二分努力才有现在的时刻——惊艳了自己，也惊艳了时光。站在百合花前，我已陶醉其中，仿佛自己就睡在花中央，软软的，如踩在云里。好一会儿，才睁开眼细细欣赏起来，花朵边还有好几个花蕾一点变化都没有，它们怎么还没开放，是喝不到水吗？应该不会，是生病了吗？我纳闷着。可惜我不懂，只好随它们去吧！

这天，我要回单位上班了，看着绽放的百合，我把花香闻在鼻里、记在心里。下周回来，百合将会是什么模样呢？是依然精神抖擞还是会凋谢？我祝愿百合好好开放，享受精彩的时光。上班的日子里，我虽忙碌充实，但空闲下来总会惦记家中的百合。

又到周五了，我迫不及待地回到家，开门的瞬间，阵阵清香依旧。走到百合花前，我的内心一惊，花瓣的水分没有原先那么充足，明亮的花瓣已黯然失色了许多，还没开放的百合，是永远不会开放了，原先绿鼓鼓的花蕾，现在俨然耄耋老人，全是皱纹，干枯极了！

"明天，我要把它们扔了去。"我说。爱人内向，闷声闷气地说道："它们怒放过，已证明自己的价值了。"是吗？好在人生不是这样，每一天，每一月，每一年都可以是怒放的季节。这么一想，我心底便极坦然。那晚我早早地睡了，梦里全是百合喜人的模样。

2022 年 2 月 26 日

邂逅龙溪生态游乐园

眼前是七彩的滑坡，我看了几眼，还是退缩，内心怦怦直跳。"琳琳，不用怕，玩彩虹道，很安全的。"几个朋友笑着鼓励我去试试。"好吧，豁出去了，既然来了，就疯一回。"我走到彩虹道前，坐上"七彩轮胎"，抓好两边的安全绳。"出发了!"在大家用力地推动下，七彩轮胎重重的摩擦地面，发出厚厚的"吱吱"声。"啊——"随着我的一声尖叫，七彩轮胎快速地从高处往下滑，像是从天而降，似流星，就一两秒的工夫，我已安全着陆。

二〇一九年的秋天，我有幸邂逅龙溪生态游乐园，体验了最刺激的虹道冲浪，身心飞翔。至今仍念念不忘，于是就有了第二次的邂逅。

龙溪生态游乐园坐落于佛堂镇小六石村扑船山上，虽少了城市的繁华与喧嚣，但多了乡村的秀丽与朴实。把生态游乐园建在空气清新、鸟语花香、风光旖旎的乡下，让每位游客领略田园风光中的都市欢乐谷景色。尽管烈日炎炎，骄阳似火，仍让我的内心惊喜不已。迎着蓝天白云，听着"知了知了……"的清脆声音，踏着脚下铺着鹅卵石的小路，一切是那么熟悉，疯狂的余味在脑海里回荡，再一次诱惑我走进龙溪生态游乐园。

　　第一站依旧是玩摩天轮。我抬头仰望，摩天轮像一架巨型风车慢悠悠地转着，一圈又一圈。有人说，摩天轮是幸福的象征，看着它一圈圈地转动，你会体会到前所未有的快乐与幸福。而我，就要坐上摩天轮，亲身体验，那么这份快乐和幸福会不会更长更久呢？我坐在上面，摩天轮缓缓上升，在空中划过一道美丽的弧线。眼前的风景，天瓦蓝瓦蓝的，朵朵白云宛如棉花，又似羽毛。扑船山是整片的绿，一眼望不到边，像广阔的海洋。我坐在摩天轮上犹如坐上一艘游轮，吹着海风，优哉游哉，惬意极了！

　　紧接着我又来到玻璃漂流。整个玻璃滑道像一条巨龙蜿蜒盘旋在扑船山上。漂流起点掩映在葱郁的树林中，十分清幽。我站在起点，开始徘徊，有些害怕，但更多的还是欢喜。犹豫的瞬间，我已坐上皮划艇，顺着水流快速下滑，如穿梭在林间的一只鸟，勇敢前行；又如行驶在高速路上的车，快速无敌。火热的风在我耳畔呼啸而过，转弯处溅起的水花让我尖叫，让我呐喊。闭着眼睛，我来不及思考，转了几十个弯，总算没晕倒。

　　远处突然传来了动感十足的音乐，有人说，"水上飞人"首演立刻就要开始。我来不及擦拭脸上、眼角的水花，一路小跑来到表演区。观演区早已人山人海，"水上飞人"随着音乐的节奏，站在一根高四米左右的红色软管子顶端的踏板上摇摆起来，十分震撼！只见"水上飞人"一会儿"一飞冲天"，一会儿"凌空漫步"，一会儿又在"空中回旋"，还连连翻着跟头。场上游客的目光追随着"水上飞人"，时而连连尖叫，时而大力鼓掌。"水上飞人"的精彩演绎，让游客们大饱眼福。

　　表演结束，游客们意犹未尽，继续行走其中，我也不例外。

　　"满眼青青的绿，浮现你甜甜的笑，风儿轻轻地吹，花儿含羞的忧郁……"露天唱吧，几对恋人手牵着手，深情对唱，十分浪漫。我不知不觉融入这歌声中，早为人妻为人母的我也成了他们中的一分子。

2022 年 7 月 17 日

与花相遇

很多花，我是不知道它们名字的，但某一天，我就突然知道了它们的名字，是因为，它值得我去认识。就像在茫茫人海中，你见到一个人，开始你并不在意，久而久之，你开始关注他的一切一样。这是一种缘分，有缘，就像有心理感应，也挺幸福。

一个下雨的午后，雨点像小鼓一样"咚咚咚"有节奏地落在我的伞上，像心脏在有力地跳动，这正是生命的跳跃。我漫无目的地走在陌生城市的街头，这样的雨天，我又能与谁偶遇呢？

一开始，引起我注意的是路边花坛里的栀子花，我喜欢它像玉一样无瑕的花瓣；喜欢它淡淡的沁人心脾而又弥久留香的独特香味。童年的时候，多少次和小伙伴去山上摘栀子花，一边摘，一边陶醉在芳香里，沉溺其中。父母亲寻来了，我也不愿回家。

突然发现旁边有朵很大很特别的花，我蹲下身来，细细观察，发现这朵花由许许多多的四个淡紫色花瓣的小花组成。这么多小花朵聚拢在一起，很安静，很安静，一点也不张扬。"你叫什么花？"我问。第一次相遇，我竟有了莫名奇妙的好感。

我对这花真是"人生若只如初见",好印象藏在心里,暗自欢喜。那天偶然翻看朋友圈,竟发现好友晒了一组图片,第一张图就是我一见倾心的花。我的眼睛一亮,心跳也加速了,恍如隔世遇见爱人。当即就给朋友打电话,表明来意,想去看看这位有缘的"花朋友"。朋友十分热情,一边告诉我这种花的名字叫绣球花,又名八仙花、紫阳花,一边带我来到花园里。眼前出现了惊艳的一幕:数也数不清的绣球花正欣然怒放,淡紫的、粉色的、深紫的……一团团、一簇簇,相拥在椭圆形的绿叶中,又像是绣在万绿丛中的,煞是好看。

"它的名字也这般好听!"我感到十分惊讶。

"绣球花予人希望,你现在可以许个愿,或许真会实现。"朋友看到我如此喜欢,竟一本正经地对我说。

"真的吗?"我的内心却早已相信,这是真的。我闭上眼,默默地许下心思。

"今年绣球花栽得很好,回去后,送你几枝。"朋友好像早已猜出我的愿望。

天空突然下起了大雨,雨水洗透绣球花叶,瞬间,花瓣上珠玉滚滚,娇媚可爱。如果剪下一枝插在瓶中,定满室光彩!可我于心不忍。

又是一个下雨的午后,我逛完书店回家,惊见家门口有一盆绣球花,一团是淡粉的,另一团是玫瑰红。里面夹着一张便条:愿你快乐,祝你好运!

2021 年 6 月 4 日

绣球苗在来路上

又到一年绣球开花的季节，圈里的很多朋友都晒着五颜六色的绣球花，粉的、紫的、玫红的、淡紫的、淡绿的……我是那样欢喜，仿佛我就是其中的一朵，小小的，不引人注目，但有独特的姿态——一如既往地微笑。

我想是该把家门口的平台利用起来了，心动总归要付出行动才对，既然喜爱绣球，那就种几株绣球吧！我网购了几十株品种不一的绣球苗，开始期待种绣球的日子。

周四早上，爱人发我信息：绣球苗已寄到家。太好了！离我的愿望又进了一步。我多么盼望周末早点到来，我就可以回家种绣球。终于挨到周五放学，我在学校里随意吃了几口晚饭，就迫不及待地回家，到家急忙看看心心念念的绣球苗。我以为它已渴得只剩一口气了，没想到绣球苗像刚被雨浸润过那样生机勃勃。因为它待在一个简易的一次性塑料花盆里，花盆外面用报纸一层一层地包裹着，可能是商家怕邮寄过程中受损缺水。

周六早上，天空淅淅沥沥地下起了小雨，我全然不顾雨水的打扰，拿起雨伞、小铲子、剪刀和绣球苗来到平台上。平台上有现成的土沙堆，我准备垒一个小花坛。我一手拿伞，一手用长方条瓷砖围成一个花坛，再用铲子一铲一铲地把沙土铲到花坛里，然后用剪刀解开用透明胶带包裹好的报纸，小心翼翼地拿出绣球苗。雨开始下大了，雨点嗒嗒嗒的有节奏地打在伞上，像动听的乐曲，传入我的耳朵。我情不自禁地哼起了小曲，眼前仿佛已出现绣球花绽放的模样，一小朵挨着一小朵，数也数不清，粉的、紫的、玫红的、淡紫的、淡绿的……

喜欢它，或许才会关心它，心里才会有它的专属位置，种下的绣球我要一个星期才能看到一次。回到家，就跑到平台上探望我种下的绣球，它在微风里摇曳，看起来有些长高了，叶子似乎也长大了些，颜色也更绿了。

可好景不长，气温越来越高了，我的绣球躺在土沙堆里开始难受。好在我开始放暑假了，有时间照顾它，天天给它浇水。但浇水似乎根本都不管用.看着它的叶子上出现了小黄点，我更担心了。过了几天，小黄点又变小黑点，再过几天，叶子就泛黄枯萎。我看着难受，却也想不出其他办法。

难道就眼睁睁地看着它枯萎吗？那天我在外头游玩，太阳如火球高挂天空，空气里没有一丝风，像烤箱，像蒸笼。人在阳光下，多站几分钟，像是要被烤焦了，那我的绣球怎么忍受得了呢？不能，绝对不能。必须要给它搬家了，我左思右想，决定去楼下花园的偏僻处给它安个家。

那日回来，我利索地给绣球搬家，把泥土浇透，让土里冒起泡泡，发出咕咚咕咚的声响。于是绣球就像沙漠上的行人遇上甘泉，喝饱了水。难得的一丝微风吹来，绣球在微风里摇曳，我仿佛看到它笑了。

绣球的家就在我家厨房窗户对面的一块空地上，除了早晚两次浇水去探望之外，一天三餐的洗碗时间，也是我和绣球相遇的时间。我总是透过窗户，多看几眼，有时一边洗碗，一边看；有时我洗好碗，就痴痴地望着。它什么时候长大？什么时候能开花？绣球已然住进了我的心里，解了我的寂寞。我对绣球的照顾可算得上无微不至，不离不弃。我习惯了这样的时光，说不清是我依赖绣球，还是绣球依赖我。绣球变得越来越水灵，我有时候会踮着脚在地板上跑来跑去，儿子惊讶地望着我："妈妈像快乐的小女孩了。"

本以为一切都在朝最好的方向发展，然而不是。虽说是偏僻处，但也能晒上正午的阳光，由于我工作忙碌，几次未浇水，绣球就已枯萎。等忙完的时候，我以百米冲刺的速度去看望它，但绣球已是"病入膏肓"，叶子像有人拧过水一般，皱皱的、干干的，已然没有水分。我的心里空落落的，如丢了魂，迈不开步子，不知如何是好？

从五月到八月，从牵挂到陪伴，难道就这样结束了吗？此时我才读懂黛玉葬花的故事，读懂黛玉为何伤心落泪。

那日回家，和父亲倾诉心中的委屈——我种绣球失败了。不料，父亲竟这样安慰我："你离成功不远了，再种一次绣球你就有经验了。"在父亲的鼓励下，我的心情好了很多。

我果断在网上下单，"无尽夏"选一株，"花手鞠"选一株……绣球苗自然也就在来路上了。

说走就走的旅行

　　有的人天生就爱浪漫，有的人上了点年岁才懂得浪漫，而我就属于后者。也不知道从什么时候开始，我喜欢让紧张忙碌的生活慢下来，闲下来。

　　古人云："偷得浮生半日闲。"在那悠悠的岁月里，半日之闲尚需一个"偷"字来显它的珍贵。而今，匆匆的年月里，是不是更要去追寻"闲"。我想只要你肯闲下来，做什么事都是有趣的，听听小阿枫的"曾经最美"，翻翻《上下五千年》，闻闻桂花的香气……

　　看着今天日历上标注着"霜降"，我不禁感叹，一年很短，短得来不及细品初春殷红窦绿，就要打点素裹秋霜了。一生不长，更应活在当下。走吧，来一场说走就走的旅行，去领略晚秋的"千树扫作一番黄"。

　　我和挚友心有灵犀，骑上小黄车相约植物园寻找秋天。我们一边慢悠悠地骑着自行车，一边欣赏路旁的美景。西城北路旁成排的梧桐树显然是秋天的主角，它已换上了金色的衣裳，秋风扫过，树叶沙沙作响，像一支圆舞曲，旋律流畅，委婉动听。到了植物园，映入眼帘的是不同属性的植物，成片成片的，在秋风的吹拂下，也已换上了不同的外衣，红艳艳、黄澄澄、绿油油。彩虹主道上、草坪上，游人如织，一片欢声笑语。

我俩骑着小黄车，伴着桂花香在彩虹路上一路前行，何其幸运，竟偶遇了幸福湖。秋色里的幸福湖，一眼望不到边。近看，太阳落在湖旁的栾树上，栾树的花就更艳了，五彩缤纷，美不胜收！让人心情也变得格外明媚。一股赏景的冲动在脚下迸发，加快了车速，"忽"地就来到湖的大坝边。水面上波光粼粼，让我有些睁不开眼睛。是有人在天上撒金子吗？还是天上所有的星星都照映在幸福湖里了？我不禁有些怀疑。远看，幸福湖尽头矮矮的小山像一条黑线把湖和天隔开了，蓝蓝的天倒映着湖，蓝蓝的湖映照着天。

秋风突然大起来了，吹掉了我的草帽，吹乱了我的秀发，我任由秋风吹着，停下自行车，玩起了自拍，真是难得的惬意啊！几个卖菜的农妇笑着和我们打招呼："菜要不要买一点，黄瓜、玉米、螺丝，还有自己种的甘蔗，都是顶好的。"看着她们黝黑的脸上皱纹一圈一圈荡漾开去，笑得真美，像一朵不甘老去依然灿烂的玫瑰。我们赶忙摆摆手笑着回应："不用了，谢谢。"

我们顺着原路返回，越骑越有劲，旁人或许是走路走累了，羡慕地望着我俩，像是和我们打招呼，又像是自言自语："来植物园玩就应该骑自行车，这样逛起来多自在。"我们笑着，骑得更快了。彩虹主干道的左侧是各种各样的小道，我们随便选了一条，快乐得像两只鸟儿穿梭在小道里，越来越多的人群映入我们的视线。转过几个弯，一排排金桂、银桂，开得正盛，那诱人的香味招引着我和挚友不得不停下自行车。"我们歇一下吧，喝点水，再好好嗅一嗅桂花的香气。""嗯嗯，我要带走桂花的香气，让自己香一整天才好呢！"桂花树下，石凳上，我们坐下来闲聊，真有"人闲桂花落"的意境。

正当自我陶醉的时候，一位游人引起了我的注意。他大概四十岁左右，穿着一套休闲服，戴着棒球帽，坐在一条可以折叠的小凳子上。他的前面摆着一张折叠小桌子，桌上摆着好几样零食：花生、板栗、糖枣……还有一套紫砂茶具，仔细一看，桌子旁一把紫砂壶正在小炉子里"噗噗噗"地烧着水，而桌子对面的椅子是空着的。我猜，他一定是在等人吧，他在等谁呢。要说懂生活，非宋代词人东坡先生莫属，而眼前的这位同龄人当不输东坡先生，不懂生活哪能如此静静地坐着，静静地望着远处，娴雅地期盼斯人。

说走就走的旅行，如心里有束光，眼里有片海。

悠悠岁月　古街长长

倍磊村位于义乌市佛堂镇，在金义交界的地方，离义乌市区大约20公里。倍磊，对于我来说是一个既熟悉但又十分陌生的地方。或许有缘吧，曾经的擦肩而过，换来了如今的相遇相识。

那日早晨，天下着蒙蒙细雨。我坐在车里，看着雨滴顺着车窗滑落，像一条小溪延绵而去，留下晶莹的痕迹。路旁一排长长的泛黄的梧桐树，随着车快速地行驶迅速跳入我的眼眸，又迅速离我而去。秋意浓浓，烟雨蒙蒙。我的脑海里迸进来的却是倍磊昔日模样：村口总是人来人往，一幢幢红砖房三层或四层，错落有致。一条长长的黄泥路通向村内，望不到头。在甘蔗收获的季节里，路边总摆放着一捆捆长长的甘蔗。

下了车，出乎我的意料，印象中的倍磊已悄然远去，映入眼帘的是一幅崭新的画面。那牌楼气势恢宏，十分壮观，牌楼楼顶的雕刻工艺精湛，各种各样的图案形态逼真，惟妙惟肖。一条笔直的水泥路通向村中，水泥路的两旁是一家家店面房。三三两两的村民或游人在公路上来来往往，有说有笑。再看那白墙黛瓦的新房，铝合金的全堂窗，显得那样气派。

　　我们先来到文化礼堂，热情的村干部早已在等候我们，他详细地为我们介绍倍磊村的情况："倍磊村建村于宋至道三年（997年），相传因村旁东溪、西溪汇流处有六块色彩绚丽的萤石，古称'双溪六石'，故名'倍磊'……"

　　"倍磊，倍磊……"我喃喃自语，听得入了神。

　　我们先来到西街，远远望见白墙上画着"倍磊古村，落宗祠图"。画上星罗棋布的古建筑，纵横交错的古街，诉说着倍磊的悠久历史。"这里曾经建有一座城门。"村干部指着古街的方砖说道，"这是西大门"。望着眼前的倍磊古街，它不像记忆里幽深深的弯弯曲曲的窄街陋巷，而是很大气的商业古街。街旁是古色古香的一层或两层的木楼房。一楼还保存着不少老式店铺，有米行、杂货店、理发店……

　　走在一块块青石板铺成的古街上，望着保存完好的老街，我不禁生发思故之幽情，眼前仿佛浮现出"残阳如血，马蹄声咽"的画面。一个内着铠甲、斜披红袍、手举长枪的威武将军正骑在头马马背上，他就是戚继光，一队持戈扛刀的雄兵紧随其后。"倭寇在东南沿海劫掠杀人，但离这里至少有几百里远，他们来到这义乌古村平什么乱呢？"村民们感到十分震惊。原来戚继光对义乌人刚正勇为、尚武好义的民风早有耳闻，要平定倭寇非得借助虎将雄兵不可，当他到了浙江了解到各方面的情况以后，便来到义乌，拜访当地有声望的人物——陈大成。当时已经五十三岁的陈大成立即带头报名应募，三十岁的堂弟陈禄也随即响应。其他的倍磊陈氏族人听到陈大成报名后，也纷纷放下手中农活，抛却家事族事，义无反顾地投奔到戚继光麾下。就这样，戚继光在义乌就招募了四千余人。这支队伍就是历史上赫赫有名的"戚家军",其中就有八百名能征惯战的倍磊子弟。陈大成和陈禄跟着戚继光南征北战、不畏艰难,捍卫海疆,他们还和八百倍磊子弟一起守护长城,谱写了一曲曲抗倭御侮、报国安民的壮丽凯歌。

义乌兵的英勇事迹,我们怎能忘怀?倍磊的后人更不会忘记。这不,墙上的一幅幅壁画引起了我的注意,走近一看,是一组连环画,画的上方写着"抗倭名将戚继光、陈大成、陈禄以及义乌兵,戚家军的摇篮和千年古村落倍磊"几个醒目的大字,字的下方是四位抗倭名将的画像。左边是一座高大的城墙,戚继光、陈大成神色凝重,正在商量抗倭事宜。一幅幅连环画详细记载爱国抗倭将领戚继光来义乌招兵、率义乌兵荡平寇乱的故事。

古街上传来了"咚咚咚"造房子的声音,循着声音,我们继续前行。村干部指着前方正在筹建的古建筑向我们继续介绍:"现在村里正在筹建陈大成纪念馆,筹建的资金并非市财政投入,而是乡贤慷慨资助。"望着这座恢宏气势的纪念馆,我们一行人情不自禁走了进去,大柱上写着"世泽颍川长,家声文范古",一根根粗壮的柱子顶天立地,十分雄伟气派。梁上的雕刻图案精美,栩栩如生。陈大成纪念馆虽还未完全落成,但整体设计布局与构思似祠似堂,层层递进,显得宏大而高光。倍磊人正试图通过建设陈大成纪念馆,重现三千义乌兵中八百倍磊弟子的风采。

归途中,偶遇一口碧水悠悠的池塘,池塘中央有雕塑一座:一位老翁身穿长袍,头戴斗笠,盘腿而坐,正悠闲地钓着鱼。船的另一头，两只白鹅正悠然地站着，和它的主人一样自由自在！看了墙上的介绍，才得知这位老者正是义乌兵将领之一，名陈禄，字汝廉，号雨川。英雄生于此，长于此，功成归于此，视功名利禄如浮云，与故土和民众毗邻而居，相融相洽。这是何等壮阔的胸襟！何等深厚的乡土情结！

啊！尽管岁月悠悠，英雄远去，但倍磊古街的古风古韵犹存。历经千年风雨，穿越千年烽烟的倍磊古街的确很短，只约一里长，但在我的心里却很长很长，古韵很长，古风很长，故事很长……

美在吉祥湖畔

东阳南马镇有一个村，叫花园村，有中国农村第一城的美誉。

如今的花园村由十九个小区组成，面积大约 12 平方公里，常住人口近 3 万，其中外来人口大约 2.5 万。每个小区的建筑风格基本以红白相间的外墙加上红色琉璃瓦的现代风格为主，也有少部分白墙黑瓦的乡村风格。村与村相连，很大很大，一眼望不到尽头。据说生活在这里的村民幸福指数很高，人均年收入 6 万多，村民就像生活在一个大花园里。

春日的傍晚，天下着蒙蒙细雨。几个要好的朋友不顾天在下雨，不顾路途遥远，也不顾堵车的高峰，从义乌县城出发，来廿三里接我去东阳花园村游玩。

吃过晚饭，时间已过九点，雨突然停了。我踏着轻快的步伐和朋友们走在安静的花园大道上，有说有笑。我的内心突然有了一种微妙的轻松感，很安静，这种久违的感觉又回来了，我一阵窃喜。走着走着，我们来到了吉祥湖畔附近，只见前方整一大片树上都挂满了各种各样的彩灯，有细长的、有圆形的、有星形的……彩灯秒换颜色，忽红忽绿，忽蓝忽紫，什么颜色都有。灯光从上而下的来回穿梭、跳跃，如夜空中的点点繁星，闪着金光，很耀眼；又更像是在下一场五彩的流星雨，织出美丽的花园夜景。

繁星与流星交织，一直是我向往的美景。在花园村，我等到了这瞬间的美，亦或是永恒的美。

我们继续往前走，虽是夜晚，吉祥湖的美景依旧清晰可见，七彩的幽深水面吸引了大家的目光。原来湖的四周镶嵌着的红橙黄绿青蓝紫的双排灯光，七种颜色有序地排列，如幸运的光环降落在美丽的吉祥湖畔。远处的雷迪森高楼大厦美丽富华，灯光璀璨，与之交相辉映，真是美不胜收啊！

我们沿着湖岸继续逛着，湖边一路是风景，有锦鲤跃起的"吉祥观鱼"，有朦胧之美的"湖心亭"，还有"莺啼满耳采茶谣"……渐渐的，我忘记了我来到何处，不禁问自己是来到杭州的西湖了吗？不，不，是花园村的小西湖——吉祥湖，我坚定地告诉自己。

湖中心"花园·中国优秀国际乡村旅游目的地"几个大字不停地变换着颜色，再一次直击我的内心，让我为之震撼。夜晚的风轻轻地吹着我的脸庞，我的内心如照进一束七彩的光，住进了温暖。

"花园村的夜景美吗？"朋友问我。"嗯，我已深深陶醉了。"

"让彩虹铺满你的梦，星星住进你眼中，对你的心动，挂在窗外的晴空，我想穿过云，和你星空下相拥，面向吉祥湖，吹着风。"朋友情不自禁唱起了歌，我也情不自禁地跟唱起来。

我想花园村村民的生活也像这七彩的光，多姿多彩。小城已悄悄入梦，吉祥湖畔是如此宁静吉祥。呈现在我眼前的却是一个欢乐的海洋，工作了一天的村民下了班后带上家人，徜徉在美丽的吉祥湖边，或唱歌、或跳舞、或健身、或散步……尽情放松与享受。

向着光，追着光。心有所向，心向往之。花园村村民在村干部的带领下，用勤劳的双手创造出今天的幸福生活。石头上刻着"花园村庄，农民乐园"，正是花园村村民对今天幸福生活地描绘。

花园村的美，像一本书，要一页一页地翻阅，一页一页地欣赏，细细读，慢慢赏。这个春天，我终于有幸与花园村邂逅。

后 记

　　一直觉得，我的快乐很简单，生命里的每一天都是最美好的一页。生命里过去的每一段时光都留下了美好的回忆，生命里未来的时光一定也有许多期待与惊喜，而更重要的是生命里的现在，每天都很充实，每天都过得很有意义。我的创作离不开我所遇到的一切。

　　不知从什么时候起，我的脑海里总是浮现出父母亲恩爱的模样。父亲很勤快，忙完农田活，回家来看到母亲还没忙完，他肯定是第一时间让母亲歇下来，什么烧饭、洗碗、拖地，父亲都抢着干。这时候，母亲总会站在一旁，微微地笑着，称赞起父亲来，特别满足。每每看到这一幕，我的内心都感到喜悦与温暖，然后一溜烟儿地跑出去找小伙伴玩，白天，玩捉迷藏、过家家、到山上摘映山红、到桑叶地采桑葚……夜晚，小伙伴们集聚到空旷的地方，玩转圈圈、抢柱子、唱电视连续剧的主题曲等。每每玩得不亦乐乎时，母亲总会寻来让我回家吃饭。我依依不舍地和小伙伴挥挥手再见。在母亲的特别关爱下，我的优越感开始在心里生根发芽。六一、元旦的联欢会上，我总能穿着粉色或纯白色的连衣裙或穿着母亲连夜赶织出来的大红色毛衣，站在舞台上跳老师教的舞蹈。这样的幸福童年不亚于林海音的童年。每每回想起来，我就会傻傻地笑出声来。

不知不觉，我才发现，我回去看望父母的次数少了。每当我思念父母亲的时候，就会想起数不清的童年往事。幸福的童年生活是我创作的重要的来源，忆不完，也写不完。

不知从什么时候起，我开始在意大自然里的花花树树草草，精致如酒杯似的玉兰花、繁星一样的绣球花、小米粒似的桂花、喇叭似的百合花、毫不起眼的一年蓬、笔直的红杉、红绿黄相间的栾树……它们不只有浓郁的芳香与美丽的花瓣或是高大挺拔的身姿，原来它们也有独特的、细腻的感情，也有喜怒哀乐。开心的时候，花瓣绽放，像孩子的笑脸；不开心的时候，花容憔悴，也需要有人照顾。只要你去细细地观察，细细地去品味欣赏，原来它们也有自己要奋斗的人生啊！

有了这样的体验，我就经常独自去寻找身边的花花草草树树，时时有偶遇的惊喜，也开始喜欢种植绣球花，养几枝百合。生活里多了份乐趣，我的创作也多了一份灵感。

不知从什么时候起，我喜欢一个人静静地独处。常常一个人呆呆地坐到江滨边，看白鹭低飞、钓鱼，或者闲适地散步。天是蓝的，风是凉的，阳光是暖的。回来的路上，经过一片片小小的花丛，鸟儿躲在里面，叽叽喳喳，大胆地欢叫。我细细数了数，竟有数百只鸟。每次出门，都会有惊喜等着，那我还犹豫什么呢？

不知从什么时候开始，喜欢随缘对待一切的相遇，遇到久违的朋友，是相遇的开心；如遇不到，则是等待的喜悦。顺其自然或许才会遇到更美的风景吧！

这些年，对生活、工作的热爱，我一直不变，初心不忘。不管在夏演小学还是在廿三里二小，这两所学校都是我挚爱的。夏小，是永远的梦之地，整整十年的时光，与夏小相伴；但廿二小，又开启了我的一个全新的梦，有了我的一群群可爱、闪亮的"小星星"。和他们在一起，我又怎能不快乐呢？

于是我写下了"幸福的回忆""快乐的工作""美好的相遇"。在这里，我特别要感谢可亲可敬的徐敢老师，他从来没有嫌弃过他的学生不聪明，他总会发现我的那么一个个小小的别人发现不了的优点。他的大大小小的鼓励，像是有了魔法一样，让我从不自信到渐渐变得自信，让我创作的动力像加了马达似的，慢慢快起来，更快起来。徐老师，每天工作那么忙碌，前段时间都生病住院了，还在忙《深度对话百名金华作家》一书的出版工作。可即便在这样的情况下，他还为我的散文集《花开雪峰路》作序，他的行为怎能不让我感动呢？徐老师，让我再向您道声："谢谢您，您辛苦了！"

我还要感谢我的父母亲，他们总会在孩子过得好的时候，为孩子感到开心，在孩子失落的时候，给予最大的安慰和鼓励。

文学之路没有尽头，像一处永远赏不腻的风景，慢慢看、细细赏，目光所到之处皆是美的。最后我想说，所有的相遇都很美好，我只想把我的快乐与有缘的你分享。

《花开雪峰路》得以出版，还得到了浙江省作协、金华市作协、义乌市古今文学研究院、《枣林》编辑部诸多师友的支持和帮助，在此一并向他们致以深深的谢意。

2022 年 10 月 6 日